我有一個白日夢

畢飛宇

目次

輯一　我能給你的只有一聲吆喝

輯二　我有一個白日夢

輯三　像我這樣的一個作家

輯一

我能給你的只有一聲吆喝

三十以前

我生於一九六四年的一月，但具體的日子則不能肯定。大致在二十四日前後。我們這一茬人，來到這個世上本來就不是歡天喜地的事，沒有必要仔仔細細去紀念。但生日我總是過，就在二十四日。

我的童年在鄉村。少年時代搬到了水鄉小鎮。青春期回到了縣城。大學就讀於揚州，畢業後「分」到了南京。活到現在，能說的好像也就這麼多。

我的童年過得還好。沒有挨過真正的飢餓。但我的童年也出了一些問題，最大的敵人就是時間。我害怕過不完的夏季午後，害怕沒完沒了的夏日黃昏。沒有人和我一起玩，我唯一能做的事就是沿著每一家屋後的陰涼遊蕩，然後再沿著每一家屋前的陰涼遊蕩。遊蕩完了，學校的操場上還是有一大塊金色陽光。我寫過一個中篇，叫〈大熱天〉，寫過一個〈過不完的夏季〉，寫過一個〈明天遙遙無期〉。當初用這些題目都是無意而為的，或者說言不在此。但回過頭來看看，總能看見夏日時分留給我的最初畏懼與最初憂慮。我童年裡最大的盼望就是明天。而明天空空蕩蕩，只能又是下一個明天。這是典型的動物生態：活著的目標直接是活著。我的童年遊移在夏日陰影中，憂鬱與白日夢盈溢了我的人之初，盈溢了我的童年黃昏。好在時間這東西自己會過去，要不然，真有些麻煩。

少年時代我的父母調到了一座水鄉小鎮。這個鎮被兩塊湖面夾在中間，春夏秋冬都有與鄉野不同的風景。這裡最著名的東西是船，幾乎家家都有。每家每戶的事情都在水面上漂漂浮浮。應當說，這個水鄉小鎮有一種明麗的格調，但我的印象中，總有一股脫不掉的陰森。那些石板小巷又深又窄，那些小閣樓又灰又暗。我的眼睛是在鄉下成長起來的，習慣了在平坦與遼闊中自由自在，但小鎮使我的張望有了阻隔，前後左右都是青灰色牆壁。我站在石板巷裡，貼著牆，一家又一家婚喪嫁娶從我的鼻尖底下經過，從小巷的這頭到那頭，或者說，從小巷的那頭到這頭。那些小巷子總是很彎，幾乎找不到十米以上的直線。長大後我當然明白，寬敞與筆直原本是大都市氣派，小鄉鎮是不可能有那種格局的。但彎彎曲曲帶來了視覺難度，帶來了觀察障礙，所以小鎮在我的記憶中永遠有一種神祕，有一種隔霧看花的恍如夢寐。它像水的平面，沒有來龍去脈，沒有因果關聯。我承認，我這個外鄉客做得有點吃力，活得遠不如在鄉野時實在透明。小鎮上有許多空宅，有許多終年緊閉的閣樓，它們一律長滿了綠色青苔與灰色瓦花。那些建築與植物成了我少年記憶的背景。那個水鄉小鎮瀰漫了一股鬼氣，它們至今縈繞在我的夢裡。

我們家在父親平反後回到了縣城。這裡是我父親的故鄉，我就從那時起做了故鄉的遊子。我不會說城裡話，沒有親戚與朋友。我開始寫作就在這個時候。我收到大城市寄來的退稿也就在這個時候。退稿讓我難為情，又讓我有一種莫名其妙的興奮。我一次又一次被「外面的」世界所拒絕，一次又一次與外面的世界產生了聯繫與交流。這裡有一種極複雜、極紛亂同時又極蠢蠢欲動的青春期情懷。我至今緬懷那些孤寂的日子。我堅信那時候我比現在更有資格做一個作家。

我在揚州師範學校讀書是一九八三年至一九八七年這四年。這是所有中國人的大好時光。空氣中到處是青草氣味。我努力用功地改變自己就是從這時開始的。我拚命讀書，到處大聲說話，人也變得活潑開朗。真是換了一個人。我記得第一次從揚州到南京去玩的那個下午。為了看火車，我從揚州繞道鎮江，再從鎮江取道坐火車去南京。我記得火車向我呼嘯而來的那個偉大時刻，我二十歲時第一次看見火車激動得幾乎流淚。但我不敢流露這種激動。我站在月臺上，感受到火車給我帶來的迎面風，一上車我就寫了一首詩，把好多東西讚美了一通，末尾把祖國還帶了進去。那時候真是瘋了，眼裡的東西什麼都好。我就這麼瞎激動了四年，畢業的時候頭髮也長了，鬍子也拉碴了。

後來我就到南京做了一名教師，再後來我又到《南京日報》去了。我一點也沒有想到，都三十歲了。看看舊時的相片，不像自己，照照鏡子，也不像自己。

我家的貓和老鼠

我有兩個姊姊，大姊長我六歲，而二姊只比我大一歲半。我們是在無休無止的吵鬧和綿延不斷的爭鬥當中長大成人的，假使允許我誇張一點，我想說，我們姊弟三個就是鼎立的三國，在交戰的同時我們不停地結盟、宣戰，宣戰、結盟。真是天下大事，分久必合，合久必分。當然了，我們的「分合」都是以小時做為時間單位的。上午我剛剛和我的二姊同仇敵愾，一起討伐我的大姊，而午飯過後，一切都好好的，我的二姊卻和大姊突然就結成了統一戰線，不聲不響地向她們的弟弟宣戰了。

總體說來，她們聯合起來對付我的時候要多一些，因為父母多少有些偏心，對我格外好一些。這個我是知道的，在事態擴大，弄到父母那裡「評理」的時候，我的父母雖說各打五十大板，但板子裡頭就有了輕與重的分別。比方說，在嚴厲地批評了我們過後，我的母親總要教導我的兩個姊姊：「他比你們小哎，讓著一點哎。」對我就不一樣了，母親說：「下次不許這樣了。」口氣雖然凶，但說的是「下次」，「這一次」呢，當然就算了。事情到此結束。這在我是非常合算的買賣，因為「下次」是無窮無盡的。假如我的兩個姊姊聯起手來和我作對，在多數情況下，她們差不多就是那個叫「湯姆」的貓，而我則是老鼠「傑瑞」。

我們家幾乎每天都有美國卡通《貓和老鼠》式的戰事，一姊一妹氣勢洶洶的，占盡了優勢，恨不得一腳就把她們的弟弟踢到太平洋裡去，然而，到後來吃盡苦頭的始終是她們。

我們為什麼吵呢？為什麼鬥呢？不為什麼。倘若一定要找一個最符合邏輯的理由，那只能是為吵而吵，為鬥而鬥。舉一個例子吧，比方說，現在正在吃飯，我和我的二姊坐一條凳子上，不聲不響地扒飯，這樣的飯吃起來就有點無趣。為了打破這種沉悶的局面，在我的二姊伸筷子去夾鹹菜的時候，我會用我的筷子把她的筷子夾住，二姊不動聲色，突然抽出筷子又夾我的。劈劈啪啪的戰爭就這樣開始了。母親突然乾咳一聲，一切又安靜了。所爭奪的鹹菜到底被誰夾走，這個問題並不重要，重要的是母親的那一聲乾咳究竟落在哪一個節拍上，這全靠你的運氣，有點像擊鼓傳花。如果鹹菜歸我，即使我並不想吃，我也會像叼著了天鵝肉，嚼得吧唧吧唧的，二姊的臉上就會有一臉的挫敗。反過來，二姊要是贏了，她會把鹹菜含在嘴裡，默無聲息地望著屋梁，那是勝利的眼神，贏了的眼神，內中的自鳴得意是不必說的。

我們姊弟三個現在都是人到中年，我長年在外，節日裡偶爾團聚，我們談得最多的恰恰是少兒時期的戰爭往事，談起來就笑聲不斷，這一點是我們始料不及的。有一次我把話題轉了，說起了我姊姊對我的好處來：我六歲的那一年得了腎炎，不能走動，每天都由我的父親背到五六里遠的彭家莊去，注射青黴素和慶大黴素。有一次是我的大姊背我去的，那時候她其實也只是一個十二歲的孩子，又瘦又小。她在那個晴朗的冬日背著我，步行了十多里地。

快到家的時候大姊終於支持不住了，腿一軟，姊弟兩個順著大堤的陡坡一直滾到了河邊。我並沒有摔著，反而開心極了，大姊滿頭滿臉都是汗，她驚慌地拉起我，第一句話就是：「不能告訴爸媽。」這件事都過去了三十年了，可它時不時會竄到我的腦子裡來。出乎我意料的是，隨著年紀的增大，我回憶起來一次就感動一次。大姊十二歲，冬天一頭的汗，驚恐的眼神——我不知道我為什麼在人到中年之後反而為這件事傷慟不已。那一回過年我說起了這件事，我並沒有說完，大姊的眼眶突然紅了，說：「多少年了，怎麼說這個的，你怎麼還記得這個的。」大姊顯然也記得的，不然她不會那樣。她把話題重又拉回到吵鬧的事情上去了。

所有的兄弟姊妹都在童年與少年時代吵鬧，也許成年了之後還要繼續。其實，這樣的吵鬧本身就設置了一個溫暖的前提：我們能夠，我們可以。我們幼小的內心世界也許就是在一次又一次的打鬥中拓寬開來的，豐富起來的。時過境遷之後，我們意外地發現，兄弟姊妹之間的許多東西也許並不能構成我們的日常生活，它反而是隱匿的，疏於表達的。然而，它卻格外地切膚，有一種打斷骨頭連著筋的牽扯。美國人通過《貓和老鼠》的卡通形象向全世界的少兒表達了這樣一種典範人生：打吧，吵吧，鬧吧，可你們永遠是兄弟，永遠是姊妹——你們永遠不能生活在一起，但你們誰也不能離開誰。

我的兒子最喜歡我的姪女，他們玩在一起的時候幾乎就是貓和老鼠，不是追逐，就是打鬧。可是，他們畢竟天各一方。在他的姊姊和他說再見的時候，他漆黑的瞳孔是多麼孤獨，多麼憂傷。我多麼希望能做我兒子的好兄弟，和他爭搶一塊餅乾、一個角落與一支蠟筆。但我的兒子顯得相當勉強，因為他的爸爸後背上都豎起雞皮疙瘩了，就是學不像一個孩子。

歌唱生涯

是哪根筋搭錯了呢？一九九〇年，我突然迷上唱歌了。

一九九〇總是特殊的，迷惘突然而至，而我對我的寫作似乎也失去了信心。可我才二十六歲，太年輕了，總得做點什麼。就在那樣的迷惘裡，我所供職的學校突然搞了一次文藝匯演，匯演行將結束的時候，我的同事，女高音王學敏老師，她上臺了。她演唱的是〈美麗的西班牙女郎〉。她一開腔就把我嚇壞了，這哪裡還是我熟悉的那個王學敏呢？禮堂因為她的嗓音無緣無故地恢宏了，她無孔不入，到處都是她。做為一個沒有見過世面的鄉下人，我得承認，這是第一次在現場聽到所謂的「美聲」，我不相信人類可以有這樣的嗓音，想都不敢想。

我想我已經蠢蠢欲動了。大約過了一個星期，我悄悄來到了南京藝術學院，我想再考一次大學，專業就是聲樂。我想讓我的青春重來一遍。說明情況之後，南藝的老師告訴我，你這樣的情況不能再考了。我不死心，又來到了南京師範大學的音樂系，得到的回答幾乎一樣。我至今都能記得那個陰冷的下午，我站在南京師範大學東門的草坪上，音樂系的琴房離我並不遙遠，不時飄過來一兩句歌聲。那些歌聲像飛鏢一樣，嗖嗖的，全部落在了我的身上。我一邊流血一邊遊蕩，我暗啞的一生就這樣完蛋了。

可我並沒有死心。終於有那麼一天，我推開了王學敏老師的琴房。王學敏老師很吃驚，她沒有料到一個教中文的青年教師會出現在她的琴房裡，客氣得不得了，還「請坐」。我沒有坐，也沒有繞彎子，直接說出了我的心思，我想做她的學生。

我至今還記得王學敏老師的表情，那可是一九九〇年，學唱歌毫無「用處」，幾乎吃不上飯。要知道，「電視選秀」還要等到十五年之後呢。她問我「為什麼」，老實說，我答不上來。

如果一定要問為什麼，我只能說，在二十歲之前，許多人都會經歷四個夢：一是繪畫的夢，你想畫；一是歌唱的夢，你想唱；一是文學的夢，你想寫；另一個則是哲學的夢，你要想。這些夢會出現在不同的年齡段裡，每一個段落都很折磨人。我在童年時代特別夢想畫畫，因為實在沒有條件，這個夢只能自生自滅；到了少年時代，我又渴望起音樂來了，可一個鄉下孩子能向誰學呢？又到哪裡學呢？做一個鄉下的孩子沒有什麼可抱怨的，然而，如果你有過於亢奮的學習欲望，你的求知欲只能是盛夏裡的狗舌頭——伸出你的舌苔，空空蕩蕩。

謝天謝地，王學敏老師還是收下我了。她打開她的鋼琴，用她的指尖戳了戳中央C，是1，讓我唱。說出來真是丟人，我不知道這意味著什麼，更別說怎麼唱了。王老師對我失望之極，她的眼神和表情都很傷我的自尊。古人說「不恥下問」，是這樣的。

聲樂最重要的一件事是「打開」，所謂打開，你必須借助於你的腹式呼吸——只有這樣你的氣息才有力量。王老師告訴我，嬰兒在號哭的時候用的就是腹式呼吸，狗在狂吠的時候也是這樣。但人類文明的進程就是一個節省體力的過程，因為「說話」，人類的發音機制慢慢地改變了，胸腔呼吸慢慢暢通了，腹式呼吸卻一點一點閉合了。這是對的，想想看，兩個外交官一見面，彼此像狗一樣號叫，那成什麼樣子？高級的對話必須輕聲細語的，「見到你很高興」，「見到你我也很高興」，這才像樣。——「汪！」，——「汪汪！」什麼也談不成的。唉，這就是「做人」的代價，像甘蔗，長得越高越沒滋味。

可我已經用胸腔呼吸了二十六年了，要改變一個延續了二十六年的生理習慣，這實在不是一件容易的事。王老師不厭其煩，一天又一天，一個星期又一個星期，她一遍又一遍地給我示範，我就是做不到。王老師也有按捺不住的時候，發脾氣，她會像訓斥學生那樣拉下臉來。我自己也知道的，我早就過了學聲樂的年紀了，是我自己要學的，人家也沒有逼我，除了厚著臉皮，我又能有什麼辦法？

每天起床之後，依照老師的要求，我都要做一道功課，把脖子仰起來，唱「泡泡音」——這是放鬆喉頭的有效方法。除了唱「泡泡音」，放鬆喉頭最有效的方法是什麼呢？睡眠。可是，因為寫作，我每天都在熬夜。王老師不允許我熬夜，我大大咧咧地說：「沒有哇。」王學敏把她的兩隻巴掌丟在琴鍵上，「咚」地就是一下。王老師厲聲說：「再熬夜你就別學！」後來我知道了，謊言毫無意義，一開口老師就知道了，我的氣息在那兒呢。我說，我會盡可能調整好。——我能放棄我的寫作麼？不能。這件事讓我苦不堪言。

如果有人問我，你所做過的最為枯燥的一件事情是什麼，我的回答無疑是練聲。「練聲」，聽上去多麼優雅，可文藝了，可有「範兒」了，還浪漫呢。可說白了，它就是一簡單的體力活。就兩件事：咪，嘛。你總共只有兩個樓梯，沿著「咪」爬上去、爬下來，再沿著「嘛」爬上去、爬下來。咪、咪、咪，嘛、嘛、嘛；咪——，嘛——；咪——嘛——。還挨罵。我這是幹什麼呢？我這是發什麼癔症呢？回想起來，我只能說，單純的愛就是這樣，投入，忘我，沒有半點功利，就是發癔症。

王學敏老師煞費苦心了。她告訴我，「氣」不能與喉管摩擦，必須自然而然地從喉管裡「流淌」出來。她打開了熱水瓶的塞子，她讓我盯著瓶口的熱氣，看，天天盯著看。為了演示「把橫膈膜拉上去」，她找來了一只碗，放在水裡，再把碗倒過來，讓我往上「拉」，這裡頭有一種等量的、矛盾的力量，往上「拉」的力量越大，往下「拽」的力量就越大。是的，藝術就是這樣，向上取決於向下。上揚的力量有多大，下沉的力量就有多大。老實說，就單純的理解而言，這些都好懂。我能懂。我甚至想說，有關藝術的一切問題都不複雜，都「好懂」——這就構成了藝術內部最大的隱祕：在「知識」和「實踐」之間，在「知道」和「做到」之間，有一個神祕的距離。有時候，它是零距離的；有時候呢，它足以放得進一個太平洋。

小半年就這樣過去了，我還是沒有能夠「打開」。我該死的聲音怎麼就打不開呢？用王老師的話說，我的聲音「站不起來」。突然有那麼一天，在一個剎那裡頭，我想我有些走神了，我的喉頭正處在什麼位置上呢？王老師突然大喊了一聲：「對了對了，對了對了！」我嚇了一跳，怎麼就「對了」的呢？再試，又「不對」了。

按照王老師的說法，有一件事情是毫無疑義的，二十六年前，當我第一次號哭的時候，我的聲音原本是「打開」的，而現在，我在琴房裡，一遍又一遍地，我所尋找的無非是我身體內部的那一條「狗」。我們身體的內部還有什麼？誰能告訴我？

哪有不急躁的初學者呢。初學者都有一個不好的心態，不會走就想跑。我給王老師提出了一個要求，想向她學唱「曲子」。王老師一口回絕了。根據我的特殊情況，王老師說：「先打兩年的基礎再說。」這句話讓我很絕望，我是學唱歌來的，一天到晚「咪咪咪嘛嘛嘛」，那要等到什麼時候？夜深人靜的時候，我一個人來到了足球場。它是幽靜的，漆黑、空曠，在等著我。我知道的，雖然空無一人，但它已然成了我的現場。我不誇張，就在這樣一個漆黑而又空曠的舞臺上，每個星期我至少要開三個演唱會。學生宿舍和教工宿舍離足球場不遠，我想我的歌聲是可以傳過去的，因為他們的聲音也可以傳過來。傳過來的聲音是這樣的——

「他媽的，別唱了！」

別唱？這怎麼可能。唱過歌的人都知道一件事，唱得興頭頭的，你讓他不唱他就不唱了？開玩笑。告訴你，一個人一旦唱「開」了，那就算打了雞血了，那就算鉚足了發條了。刀架在脖子上都不眨眼的。士可辱，不可不唱。

可我畢竟又不是唱歌，那是斷斷續續的，每一個句子都要分成好幾個段落，還重複，一重複就是幾遍、十幾遍。練習的人自己不覺得，聽的人有多痛苦，不要想也知道的。不遠處的宿舍一定被我折磨慘了——誰能受得了一個瘋子深夜的騷擾呢？可有一個祕密他們一定不知道，那個瘋子就是我。

事實上，我錯了。這不是祕密。每個人都知道。老師們知道，同學們也知道。我問他們，你們是怎麼知道的？一個來自湖北的女生告訴我，這有什麼，大白天走路的時候你也會突然撂出一嗓子，誰不知道？就你自己不知道。

——「很嚇人的畢老師。」

——「我們都叫你『百靈鳥』呢。」

我不怎麼高興。我這麼一個成天板著面孔的人，怎麼就成「百靈鳥」了呢？一天夜裡我終於知道了。王學敏老師有一個保留節目，〈我愛你，中國〉，第一句就是難度很大的高音——「百靈鳥從藍天飛過」。我也想學著唱。夜深人靜，當我一遍又一遍地重複「百靈鳥」的時候，嗨，我可不就是一隻百靈鳥麼。

寫到這裡我其實有點不好意思，回過頭來看，我真的有些瘋魔。我一個當老師的，大白天和同學們一起走路，好好的，突然就來了一嗓子，無論如何這也不是一個恰當的行為。可我當時是不自覺的，說情不自禁也不為過。難怪不少學生很害怕我呢，除了課堂和操場，你根本不知道那個老師的下一個舉動是什麼，做學生的怎麼能不害怕呢。我要是學生我也怕。

一年半之後，也就是一九九二年的十月，我離開了南京特殊師範學校，到《南京日報》去了。我的生活徹底改變了，我的歌唱生涯到此結束。我提了一點水果，去琴房看望我的王老師。王老師有些失望。她自己也知道，她不可能把我培養成畢學敏的，但是，王老師說：「可惜了，都有些樣子了。」

前些日子，一個學生給我打來電話，我正在看一檔選秀節目，附帶著就說起了我年輕時候的事。學生問：「如果你是這個時代的年輕人，你會不會去？」我說我會。學生很吃驚了，想不到他的「畢老師」也會這樣「無聊」。這怎麼就無聊了呢？這一點也不無聊。事情往往就是這樣，不經歷「難以自拔」的人永遠也不能理解，有些人來到這個世界就是為了發出聲音的。我喜愛那些參加選秀的年輕人，他們的偏執讓我相信，生活有理由繼續。我從不懷疑一部分人的功利心，可我更沒有懷疑過發自內心的熱愛。年輕的生命自有他動人的情態，沉溺，旁若無人，一點也不絕望，卻更像在絕望裡孤獨地掙扎。

二十三年過去了，我再也沒去王老師的琴房上過一堂聲樂課。說到這裡我必須老老實實地承認，我其實並沒有學過聲樂，充其量也就練過一年多的「咪」和「嘛」。因為長期熬夜，更因為無度吸菸，我的嗓子再也不能打開了。拳離了手，曲離了口，我不再是一條狗了，我又「成人」了。我的生命就此失去了一個異己的、親切的局面——那是我生命之樹上曾經有過的枝椏，挺茂密的。王老師，是我親手把它鋸了，那裡至今都還有一個碗大的疤。

我的野球史

南京河西的上新河地區，有一個樓盤，叫「御江金城」，這是央企「五礦地產」開發的一個社區，它的前身叫「南京特殊師範學校」。一九八七年至二〇〇〇年，我在這裡踢了十四年的野球。十四年，我沒能成為球星，也沒有掙到一分錢的工錢，但我也有收穫，那就是一身的傷。

想起來了，剛到南京的時候我還留著長頭髮，那是我做為一個九流詩人所必備的家當。九流詩人同時也熱愛踢球，當然了，是野球。在我沿著左路突破的時候，我能感到我的頭髮在拉風。一事無成的人格外敏感，頭髮在飄，風很滑，這裡頭蕩漾著九流詩人自慰般的快感與玄幻。

什麼是野球？有很多進球的足球；什麼是職業足球？進一個球比登天還難的足球。是的，正規的球門寬七米三二，高二米四四，它的面積差不多有十八個平米。想一想吧，相對於身高不足一米八十、同時又不會魚躍撲救的業餘門將而言，十八平米太過浩瀚了，足以容得下所有的災難。馬德里的足球記者是怎麼說的？「比星期一晚上妓女的襠部還要空洞。」

野球沒有戰術，沒有紀律，沒有四四二或四一三二。雖然上場之前我們也裝模作樣地制定一套陣形，但是，到了拚搶的時候，一切都變形了。我們其實就是魚池裡的魚，球呢，它是魚餌，球在哪裡我們就擠在哪裡，一窩蜂了。野球很醜，全憑速度和體能。野球是一種叢林的足球。

但「叢林足球」也許更文明。它的文明來自於沒有裁判。人其實都有道德感的，所謂的道德感說白了就是壓力。明明沒有裁判，你要是犯規了還不主動停下來，那你這個人「就沒意思了」。為了讓自己還有下一次踢球的機會，你首先要做的就是讓自己「有意思」。你要真的「沒意思」了，那也無所謂，但是，不會有人給你傳球的，哪怕你處在一個極好的位置上。道德從來不是一個什麼玄妙的東西，它是參與者所建立的公正與公平。這是必須的。道德並不先驗，它與利益同步，有利益就自然有道德。你遵守道德也不是因為你高尚，是因為你有監督。這個監督者就是你的對手，對面的那十一個人。謝天謝地，監督者的數量與你的利益主體永遠一樣多，反過來也一樣。

贏球的滋味真的很好，這個滋味是形而上的。你什麼都沒有得到，沒有獎盃，沒有獎金，你所擁有的全是空穴來風的喜悅，「贏了」，你僅僅得到了這麼一個概念。輸球的滋味則太爛了，這個滋味高度形而下，和獎盃無關，和獎金無關，就是天黑了。暮色蒼茫，天就那麼黑了——你會像渴望約會一樣渴望明天。

我的球友裡頭怎麼突然就多出一個聾啞人了呢？對了，他很可能是學校裡剛剛錄用的一位打字員。他並不健壯，球技也不怎麼樣。可是，僅僅踢了一場球，我在「手心手背」的時候就堅決不找他了。道理很簡單，如果我和他「手心手背」，那就意味著我們只能是對手——我渴望他能成為我的隊友。

他聽不見。可我看得見他堅硬而又磅礴的自尊。如果你斷了他的球，那麼好吧，你這個下午就算交代了，他會像你球衣上的號碼那樣緊緊地貼著你。為此，他不惜捨棄球隊整體的利益，就為了和你丫死磕——喊不住的，喊了他也聽不見。如果需要，他可以貼著你，從星期五的傍晚一直跑到星期一的凌晨；如果你還需要，他也可以貼著你，從南京的河西一直跑到烏魯木齊。這是可能的。

我要承認，我對殘疾人自尊心和責任心的認知大多來自這位失聰的球友。我在不知情的情況下斷過他的球。他給我的教訓是毀滅性的，我要說，自尊與責任是一種很特別的體能，像回聲，你的沒了，他的準在。我被他糾纏得幾乎要發瘋，他能讓你的神經抽筋。他是「神一樣的隊友、狼一樣的對手」。當他拽著你的球褲的時候，你恨不得把球褲脫下來，送給他，然後，光著屁股擺脫他的纏繞。——說到底，我踢球也不是為了贏得那個叫「大力神」的金疙瘩，是為了爽。他讓我太不爽了，彆扭死了。你不能說我多愛殘疾人，但是，殘疾人永遠值得我尊重。他的價值是不言而喻的，事實上，每一次「手心手背」的時候，所有的人都渴望得到他。只要能有他，對方突前的那個前鋒基本上就「死逑」了。

一九九二年，我來到了《南京日報》。那時候南京市有一項業餘賽事，也就是「市長杯」足球賽。我一共參加過四屆。我至今還記得第一次上場的場景。三個穿著黑色裁判服的國家級裁判把我們領向了中圈，旁邊架著一臺江蘇電視臺的攝像機。一九九二年，我二十八歲，正是踢球的黃金時光。可是，第一場比賽我只打了五分鐘。是我自己要求下場的。我跑不起來了。因為是第一次參加這個級別的賽事，我緊張得必須用嘴巴做深呼吸。從此我知道了，體能不是體能，也是心理。是的，如果因為緊張，開賽之前你的心率就已經達到了每分鐘一百四十次，那你心臟還能有多大的負荷空間呢？自信有自信的機制，它不會從天而降。它和你的認知有關，和你切膚的生命實踐有關，一句話，和你所承受的歷練有關。所以我說，承認恐懼是一個男人的第一步，你必須從這裡經過。沒有恐懼做為基礎的自信只適用於床第與客廳，它只是虛榮，雖然虛榮很像詩朗誦，可它永遠也上升不到可以信賴的地步。

在NBA打了一個月之後，姚明告訴記者：「我找到呼吸了。」我喜歡這句話。它配得上姚明二米二六的身高——這裡頭有巨人所必備的坦蕩與誠實。

人類的動物園

每個城市有每個城市的動物園。「動物園」這個概念本身就隱含了「城市」這個概念的部分屬性。狩獵文明與農業文明是產生不了「動物園」一說的，工業文明出現了，人類便有了自己的動物園。

動物園的出現標誌了人類對地球生命的最後勝利。人類終於可以挎上相機、挽上情人的手臂漫步獅身虎影之前了。人類從來沒有這麼自信過，敢用食指指著狗熊批評牠的長相，敢和雄獅對視齜了牙做個鬼臉；人類也從來沒有這麼瀟灑過，輕易地對鱷魚扔一隻菸頭，對昏睡的老虎吐一口唾沫。人類對兇猛動物的敬畏原先可是了不得的，諸如「老虎的屁股」「吃了豹子膽了」「河東獅吼」都是動物留給我們人類的最初驚恐。這些話如今只剩了「比喻」意義。武松要活著，也不至於披紅戴綠了吧。人類總能把自己恐懼的東西打翻在地，再踏上一隻腳。人類就是這樣偉大。要是世上真的有上帝，他老人家現在一定在籠子裡了。

這樣一想我便害怕，九天縛龍、五洋捉鱉之後，人類的敵手又將是誰呢？我讀過幾本關於動物的書。在許多這樣的科學讀物裡，都有動物「作用」的介紹。而這樣的「作用」又是以人的需求為前提的。比如說，一提起犀牛，便是：肉可食，皮可製革，角堅硬，可以入藥，有強心、清熱、解毒、止血之功效。至於老虎，更是了不得，就是那根虎鞭，也足以抵擋一卡車「東方一枝劉」。這個意義上說，人類的每一員對動物世界的習慣心態都是帝王式的。為我所領、為我所用。而一旦動物們以「人」的姿態進入我們的精神世界時，三歲的孩子都知道，那只是「童話」，假的。成人是沒有童話的。你要自以為是一隻兔子，喊狐狸一聲「姊姊」，世界人民都會拿你當瘋子。人類可是有尊嚴的，在動物面前個個都是真龍天子。

完全可以這樣說：動物園時代開闢了動物的奴隸主義時代。

說到這裡很自然地要寫到三樣動物：狗、貓、豬。我之所以要提及這三位先生，是因為我的一個發現：所有的動物園裡，幾乎都沒有他們（是他們，不是牠們——作者注）的身影，即使有，也是輕描淡寫，一筆而過。究其原因，是他們的「家常」，即：通了人性。先說狗。狗的口碑並不好，是謂「小人」也。「狗眼看人低」「狗腿子」「狗娘養的」「狗尾巴」都已經「人格」化了。然而人類愛狗，狗乃人類一寵物也。何故？他是通了人性的。狗的「似人非人」滿足了人類「主子」思想與「奴才」思想的矛盾需要。張承志先生在一篇文章裡非常詩意地論述過狗思想與狗精神。我讀了幾乎熱淚盈眶起來。我一衝動，差一點說出「我要做狗」這樣的話。後來我終於沒有這樣喊，我似乎弄通了一個參照：狗之可貴，也是對人之需要而言的。有了這個參照，狗才可敬可愛起來，失去了這個參照，便是瞎激動。

其實，要真讓我做狗，我還是樂意的。我甚至會努力做一條好一點的狗。但好狗是有標準的，就是絕不學人樣。狗的不幸是學了人，且通了人性。這真是狗的大不幸。人類的精明之處在於不讓狗做真正的狗。讓狗有點人模，同時又還是狗樣。人類用一塊骨頭或一只肉包使狗漸次「異化」，終於落到「狗不狗、人不人」。我個人認為，「人不人狗不狗」這句古語蘊藏了人對真正狗性的尊重，狗後來之所以下三流，在其「不狗」之上。狗在這一點上不如狼的堅決。人類之所以不能蔑視狼，是狼有自己的原則：不給我骨頭我吃人，給我骨頭我同樣吃人。狼這麼惡狠狠地一路吃下去，人類只能遠之。狼總是對人類說：在上帝面前，我們的靈魂是平等的。也許正因為這一點，動物園裡最焦躁不安的就是狼。

貓要下流得多。我幾乎不想提這東西。她淚汪汪的大眼睛和滿嘴鬍鬚簡直莫名其妙。她小心翼翼的小解模樣，躲在角落裡打量人的姿態，眯起眼睛弓了腰體貼主人的撫摸觸覺的努力，都標示了她的猥瑣。貓的最大特點在其腰板上，貓的腰板那樣沒骨力還背了個脊椎動物的名，真是討了大便宜。但誰又計較她呢？貓的不怕摔打可能是另一種天賦，一跤之後，她總能站得很穩，立場堅定，四爪朝下。可不知道怎麼回事，貓站得越穩，我越覺得噁心。站得那麼穩還要看狗的臉色，不如摔死了省事。

關於豬，我想說他是一種植物。長滿肉，隨屠夫宰割。或者說，它是一種會走路的肉。人類用幾千年心血教他做奴才，可他就連這點心智也沒有，只好把他殺掉。豬是唯一在殺戮時得不到同情和尊重的生命。生得骯髒，死得無聊。做為生命，豬是一個失敗的例子。

站在動物園裡，我時常想，如果沒有人類，世界的主人到底會是誰呢？我看好獅子。這裡頭當然有我對獅子的偏愛，但更多的是一種哲學推論。我注意過古埃及人的圖騰意識，他們的「獅身人面」給了我極大的困惑。根據我的理解，「獅身人面」這個翻譯是有問題的，應當是「獅身人頭」。古埃及人在尼羅河畔、金字塔下、黃沙之上對生命的理想格局一定是絕望的。「獅身人面」說明了他們矛盾的心態。

這種絕望心態給了他們極大的勇敢想像：人類的理性精神加獅子的體魄等於理想生命，只有這個生命方能與「自然」打個平手。這樣的想像結果是蒼涼的、詩意的，是哲學的，也是美學的。

然而，就獅子自身而言，他蔑視「智慧」。獅子對自身體能的自信與自負使他視智力為雕蟲。獅子的目光說明了這一點。我常與獅子對視。從他那裡，我看得見生命的崇高與靜穆，也看得見生命的尊嚴與悲涼。與獅子對視時我時常心緒茫然、酸楚萬分，有時竟潸然涕下。我承認我害怕獅子。即使隔了欄杆我依舊不寒而慄。他的目光使我不敢長久對視。那種沉靜的威嚴在鐵欄杆的那頭似浩瀚的夜宇宙。那種極強健的生命力在囹圄之中依然能將我的心靈打得粉碎。我沒遇見過獅吼和獅子發威。

他就那樣平平常常地看你一眼，也勝得過千犬吠、萬狼嚎。

我注意過以獅為代表的高級動物和以螞蟻為代表的低級動物的區別。生命的高級與否往往取決於一點：有無孤寂感。高級動物們都有一種懶散、冷漠、孤傲的步行動態，都有一雙厭世不群的冰冷目光。他們無視世界的接受與理解，只在懶洋洋的徜徉中再懶洋洋地回頭，看看自己留給蒼茫大地的蹤跡，他們便安靜地沉默了。他們的沉痛與苦楚都是隱蔽的，他們的喧嘩與歡愉也是靜悄悄的。這種沉默可能來之於他們涉足過的廣袤空間。巨大的空間感是易於造就巨大孤寂感的。在孤寂裡，生命往往更能有效地體驗生命自身與世界。

螞蟻就是能鬧。為了一粒米，一塊肉屑，一隻蒼蠅的屍，螞蟻出動了成千上萬的部隊，他們熱情澎湃，萬眾歡呼，群情激憤，洶湧而上，洶湧而退。我時常在觀察螞蟻時失卻了世界。螞蟻辛勤的一生讓人肅然起敬，又讓人可悲可嘆。我時常出於同情，給螞蟻王國送去一大碗米飯。我想，那夠他們的國家用好幾年了。但是不行。螞蟻就是那種忙碌猥瑣的品格，這種品格決定了他們的生存。他們勤勞而又安居樂業，他們為此而充實而幸福，我們又何必硬要同情幸福者什麼呢？我從趙忠祥先生解說的專題片《動物世界》裡發現這樣一個現象：弱小生命之間往往是相互同情的，互為因果、相依為命的；強大生命之間則是另一種景象，他們之間彼此都很克制，懂得尊重與忍讓。我注意到非洲草原上獵豹與雄獅的和睦相處。他們井水不犯河水的安詳畫面讓我感動。獵豹在一邊懷舊，而獅子則享受著自己的天倫之樂。這對「一山容不得二虎」是一種嘲弄。這是強大生命之間表現出的一種真正自信。這樣的自信是上帝賦予的，沒有任何裝腔作勢，故而平靜如水。比較起來人類與狗就小家氣多了，膽子越小的狗就越會叫，自卑的人類則喜歡端了一副架子，放不下。其實，生命的自信是這個世上平靜的根源，只要有一方對自己沒把握了，世上就有了陰謀與戰爭。

我覺得動物間的這種等級差別是極有意味的。等級其實正是秩序。它展示出來的恰恰是強、弱之間的力量落差。有了這個落差，弱者的同情與強者的禮讓顯得太局限了，永恆的生動畫面是：吃與被吃。

聽說，僅僅是聽說，不少國家——辛巴威、坦尚尼亞等——是有「國家動物園」的。國家動物園的玩法和城市動物園的玩法一同一異。同，都是看動物；異，方法是相反的，一個是動物在籠子裡，一個是人在籠子裡。如果這個「聽說」成立，「國家動物園」就太反諷了。主與客的位置變化，看與被看的心理逆轉，是我們能夠面對與承受的麼？這句話換一種說法就涉及到自由上去了，萬一人類沒有自由了，也能指望動物們建立一支「綠黨」麼？然而，我倒是希望我們的國土上能有一座「國家動物園」，從「國家動物園」裡走一遭的人，應該都能成為真正的人。至少，能知道人類的今天還是有點樂趣的。這麼說吧，上帝既讓我們做人，上帝既拿我們做為「人」看，總得對得起上帝吧。

我這樣說當然沒有「人類沙文主義」的意思，就像我說「我要做一條好狗」一樣，既做了人，就該做得有點人樣。人的模樣、狗的嘴臉、狼心驢肺、雞脖子鴨爪，也太不是東西了吧。讓上帝見了也嚇昏了頭，總不太厚道。就我個人而言，投了「人胎」是沒有自豪的，既做之，則安之吧。

飛越密西西比

二〇〇六年的八月，就在我來到愛荷華的第二天，在一個酒會上，我認識了本．瑞德。這個年輕的美國人出生在加州，念小學的地方卻是北京。在一大堆說英語的人中間，突然冒出來一個「京片子」，我的喜悅是可想而知的。本．瑞德是個純爺們，說話直截了當，他說他來參加這個酒會只有一個目的，問問我這個「愛運動」的人「想不想開飛機」。我剛剛來到美國，人生地不熟，好不容易逮著一個會說北京話的美國人，我怎麼能放過呢。我想都沒想，說：「當然。」老實說，我並沒有把這句話當真，我是中國人，拿什麼話都當真，我還活不活了？

第三天還是第四天？是上午，本．瑞德來電話了，問我下午有沒有時間。我說有。他說：「那我們開飛機去吧。」我沒有想到事情來得這樣快，心裡頭還在猶豫，嘴上卻應承下來了。還沒有來得及摩拳擦掌呢，聶華苓老師的電話卻來了。我興高采烈，告訴她，我馬上就要開飛機去了。聶華苓老師的反應大大出乎我的意料，她不允許。她的理由很簡單，我是她請來的，「萬一出了事怎麼辦？」她的口氣極為嚴厲，似乎都急了。我為難了。飛還是不飛？這還成了一個問題了。

我的處境很糟糕，無論我做怎樣的決定，我都得撒一個謊，不在這一頭就在那一頭。可我得決定。我的決定很符合中國文化：在兄弟和母親之間，一個中國男人會選擇對誰撒謊呢？當然是母親。先得罪母親，然後再道歉。

——我哪裡能想到呢，小小的，只有六萬人口的愛荷華，居然有四個飛機場。這些機場既不是軍用的也不是民用的，它們統統類屬於飛行俱樂部。事實上，許許多多的美國成年人都是飛行員。我對本·瑞德說：「你們美國人就是喜歡冒險哪。」本·瑞德卻不同意。他說：「我們其實不冒險，我們很相信訓練。」

我終於來到飛機的面前了，嚴格地說，這只是一架教練機，總共只有兩個座，一個主駕，一個副駕。很窄，長度也只有四米的樣子。飛機的最前端還有一個四葉（也可能是三葉）螺旋槳。

當然，我坐在副駕上。機場上空無一人，我們的周圍更是空無一人。就在發動之前，本·瑞德大喊了一聲：「前面有人嗎？」無人回應。本·瑞德又喊了一聲：「後面有人嗎？」還是無人回應。——本·瑞德的這個舉動無厘頭了，明明沒人，你喊什麼喊呢？可本·瑞德告訴我：「必須大聲問，規則就是這樣。」我想了很長時間才把這個無厘頭的問題想明白：「看」是一種純主觀的行為，它與外部並不構成對話關係。所謂「規則」，它是針對所有人的，不可以有身分上的死角，不可以「依據」個人的「感受」。飛機終於升空了，為了獎勵我這個遠方的客人，本·瑞德首先做了一個遊戲，他把愛荷華的四個飛機場統統給我「蹚」了一遍。下降，滑行，再起飛。我很喜歡這個遊戲，每路過一個機場，我們都像在汽車裡頭，遠遠地望著一排簡易的建築物，然後，汽車一蹦，上天了。

我給本·瑞德提了一個要求，我想去看看聶華苓老師家的屋頂，她老人家都不一定看過。我知道的，聶老師的家坐落在愛荷華河邊的一個小山坡上，我們很快就找到了。飛機在聶華苓老師的屋頂上盤桓了好幾圈。因為盤旋，飛機只能是斜著的，錯覺就這樣產生了，整個愛荷華全都傾斜過去了，房屋和樹木都是斜的。很玄，是古怪無比的天上人間。——因為錯覺，世界處在懸崖的斜坡上了，一部分在巔峰，一部分在深谷，安安靜靜的。只過了一分鐘，世界又顛倒了，巔峰落到了谷底，而谷底卻來到了巔峰。就像特朗斯特羅姆所說的那樣：「美麗的陡坡大多沉默無語。」是的，沉默無語，世界就這麼懸掛起來了，既玄妙，又癲狂，這可是怎麼說的呢。——說到底，眼睛從來就不真實，我們的「視覺」從頭到尾都只是一個習慣，習慣，如斯而已。因為飛機小，飛行的半徑也小，沒幾分鐘，我就暈機了。我說：「咱們還是走吧。」

本·瑞德把飛機拉上去了。借助於攀升，飛機附帶著飛出了愛荷華市區。現在，我可以好好地俯視一下美國的大地了。在哪一本書呢？反正是關於哥倫布的，我曾經讀到過這樣的句子——他來到了一塊郁郁蔥蔥的大陸。「郁郁蔥蔥的大陸」，多麼迷人的描述，就這麼簡單，如詩如畫，如夢如幻。在經歷過驚濤、狂風、陰謀、反叛、飢餓、疾病、死亡和絕望之後，一本書再也找不到比這更好的結尾了：他來到了一塊郁郁蔥蔥的大陸。

我要感謝小飛機的飛行高度，三千六百米。相對於我們的視覺而言，三千六百米實在是一個恰到好處的資料。一九一二年，瑞士心理學家愛德華．布洛發表了他的重要文獻：〈做為藝術因素與審美原則的「心理距離」說〉，從那個時候起，「美是距離」就成了一個近乎真理的「假說」。是的，審美是需要距離的，講故事的人就最懂這個：好的故事要麼在「從前」，要麼在「多年之後」，「昨天」與「今天」的事，只適合「本報訊」和「本臺消息」。可我並不那麼佩服瑞士的心理學家，他的發現一點也不新鮮。我們的蘇東坡在一千年前就這麼說了：不識廬山真面目，只緣身在此山中。

我不知道「做為審美距離」的「心理距離」應當如何去量化，但是，轉換到物理空間裡頭，做為一種俯視，三千六百米實在妙不可言了。大地既是清晰的、具體的、可以辨認的，又是浩瀚的、莽蒼的、郁郁蔥蔥的。是的，郁郁蔥蔥。我知道的，這個郁郁蔥蔥可不是哥倫布的郁郁蔥蔥，它是自然，更是人文。準確地說，是康得所說的「人的意志」，是大地之子對大地郁郁蔥蔥的珍惜和郁郁蔥蔥的愛。

我不會把一切都歸結為「歷史」，但是，「歷史」的確又是無所不在的。大地是什麼？它還能是什麼？它是歷史的肌膚。那句話是誰說的？我怎麼就忘了呢：「擁有輝煌歷史的人民都是不幸的。」我就不說人民了，我只想說大地：歷史越好看，大地就越難看。

飛機到達最高點之後，它平穩了。本·瑞德突然給了我一個建議：你來試試吧。我當即就謝絕了，飛機上不只有我，萬一出了事，那可不是鬧著玩的。當然了，畢竟是教練機，如果換成我來駕駛的話，委實很方便的，連位置都不用挪——所有的儀表都在我們倆的正中央，我可以看得清清楚楚；至於操縱桿，那就更簡單了，主駕室裡一個，副駕室裡一個。只要本·瑞德一撒手，我接過來，其實就可以了。

本·瑞德沒有堅持，似乎突然想起了什麼，他對我說：「我們去密西西比河吧。」我問：「需要多長時間？」本·瑞德說：「大約一個小時。」一那還等什麼呢，去啊。

我們抵達密西西比上空的時候太陽已經偏西了。大地依然「郁郁蔥蔥」，可是，就在「郁郁蔥蔥」裡頭，大地突然亮了，是閃閃發光的那種亮。這「亮」把「郁郁蔥蔥」分成了兩半。因為折射的關係，密西西比一片金黃。它蜿蜿蜒蜒的，慵懶而又霸蠻。我的記憶深處當然有我的密西西比，那是馬克·吐溫留給我的——商船往來，熱鬧非凡，每一條商船的煙囪都冒著漆黑的濃煙。可是，我該用什麼樣的詞語去描繪我所見到的密西西比呢？想過來想過去，只有一個詞：蠻荒，史前一般蠻荒。

蠻荒，史前一般的蠻荒。許多粗大的樹木栽倒在岸邊，偶然出現的沙洲上，傲然挺立著一兩棵孤獨的大樹，浩大的寂靜匍匐在這裡。溫克爾曼說：「高貴的單純，靜穆的偉大。」

那是評價古希臘藝術的。我想說的是，西元二〇〇六年，一個如此「現代」的社會，它的母親河居然是洪荒的，這是何等壯闊、何等瑰麗的一件作品。造就它的，不僅僅是「歷史」，也還有「現代」。我震驚於密西西比的蠻荒，原始、神祕、單純而又偉大。

我對本．瑞德說：「我們就沿著密西西比河飛行吧。」可是，本．瑞德把話題又繞回來了，他說：「你還是試試吧。」我依然不肯。本．瑞德說：「你還是試試吧，說不定你這輩子就這麼一次機會了。」

我要承認，本．瑞德的這句話打動我了。我開始猶豫。我想是的，本．瑞德的話也許沒錯，這樣的機會不是隨便就有的。我得把握。我的手終於抓住操縱桿了。本．瑞德撒開手，關照我說：「一旦出現問題，你立即丟開，什麼也不用管。」

我終於駕駛飛機飛行了，我的注意力全部集中起來了。集中起來幹什麼呢？重新分配。駕駛飛機從來就不是一個「單一」的行為，你得處處關照。你必須時刻關注飛行的高度、速度、航線，本．瑞德替我翻譯過來的塔臺指令，舷窗窗外的前後左右。當然，最重要的關注還在手上：飛機的操縱桿可不是汽車的方向盤。如果說，汽車的方向盤只管左和右的話，那麼，飛機需要控制的還有上和下。還有一件事我需要強調一下，飛機是懸浮的，它實際的飛行動態和你手上的動作裡頭存在著一個時間差，在你做完了一個動作之後，它要「過一會兒」才能夠體現出來。

我想我還是太緊張了，人一緊張他的注意力就很容易「抱死」，我太在意「推」和「拉」——也就是飛機的上和下了。是的，我害怕飛機處在突然攀升或突然俯衝的狀態之中。上和下問題總算被我控制住了，可是，我再也顧不得左和右了。在我「左轉」或「右轉」的時候，我的動作都是臨時的、補救的，過於迅猛，過於決絕了。這一來，飛機飛行的樣子可想而知了。它搖搖晃晃，不停地搖搖晃晃。我又想吐了。飛行對健康的要求我想我是領教了。密西西比就在我的眼皮底下，可是，對一個一心「想吐」的人來說，他的眼睛裡頭哪裡還能有「風景」呢。

任何事情都可以從兩邊說，這是「相對主義」具有超級生命力的一個重要緣由。因為拙劣的駕駛，我的飛行反而有趣了，一會兒在密西西比的左岸，一會兒在密西西比的右岸。可本．瑞德是鎮定的。無論我的飛行怎麼「玩心跳」，他都心安理得，篤篤定定地望著窗外。老實說，我真的很想把飛機開回到愛荷華去，可是，不能夠了。一個哈欠都可以讓我吐出來。

在後來的歲月裡，我時常回憶起我的醜陋的駕駛。我知道了一件事，集中注意力固然是一件不容易的事，可是，把注意力集中起來之後再有效的分配出去，生命才得以舒展，蓬勃的大樹才不至於長成一根可笑的旗杆。我們把話題往小處說，就說寫小說吧，寫小說的「第一行為」當然是打字，你必須把你的注意力集中在語言上，可是，這不夠，遠遠不夠。你的身邊還有許許多多的「儀表」呢，你得關注它們，你必須在關注語言的同時時刻關注人物，人物與人物的關係，人物性格的發育，環境、人物和環境的關係，思想、思想的背景，情感、情感的背景，故事、結構、節奏、風格，甚至勇氣。寫作是一個大系統，在這個大系統裡頭，我們的注意力可不能「抱死」一點，一旦「抱死」，你只能「搖搖晃晃」，自己想吐，別人也想吐。平穩的飛行看上去最無趣了，但是，這樣的「無趣」考驗的正是我們的修練。再別說狂風暴雨了，再別說電閃雷鳴了。

我真的駕駛過飛機麼？老老實實地說，我沒有。我「貌似」駕駛過一次飛機，那是因為我的身邊始終坐著一個人，他離我最近。我始終感謝那個和我「最近」的人，他的鎮定裡有莫大的友善和信任，近乎慈悲了。善待這個世界，信任這個世界，許多不可思議的事情就這樣變成了現實。

飛行回來的當天晚上，我來到了聶華苓老師的家，我把下午發生的事情都告訴了她。聶老師很生氣，後果很嚴重！她張大了嘴巴，伸出了她的一根手指頭，不停地點。聶老師的個子不高，肩膀也不好，胳膊抬不高的。我低下我的腦袋，一直送到她的跟前。聶老師的食指壓著我的太陽穴，狠狠頂了出去。

寫滿字的空間是美麗的

我小學就讀於一所鄉村學校，而我的家就安置在那所學校裡頭。學校有一塊操場，還有三面用土基圍成的圍牆。一到寒假和暑假，那塊操場和三面圍牆就成了我的私人筆記本了。我的手上整天拿著一支粗大的鐵釘，那就是我的筆，我用這支筆把能寫字的地方全寫滿了。有一次，我用一把大鐵鍬把我父親的名字寫在了大操場上，我滿場飛奔，巨大的操場上只有我父親的名字。父親後來過來了，他從他的姓名上走過的過程中十分茫然地望著我。我大汗淋漓，心中充滿了難以名狀的興奮與自豪。殘陽夕照的時候，我端詳著空蕩蕩的操場和孤零零的圍牆，寫滿字的空間實在是妙不可言，看上去太美。我真想說，我在上小學的時候就已經是一個很像樣的作家了。

現在想來我的那些「作品」當然是狗屁不通的。但是，再狗屁不通，我依然認為那些日子是我最為珍貴的「語文課」。那些日子最大限度地滿足了我的表達欲望，這種欲望至今沒有泯滅。天底下沒有比這樣的課堂更令人心花怒放和心安理得的了，她自由，充滿了表達的無限可能性；她沒有功利色彩，一塊大地，沒有格子，好寫最新最美的文字。

用今天的眼光來看，在學校的圍牆上亂塗亂畫，把學校的操場弄得坑坑窪窪，絕對是不可以的。利用小學階段培養孩子們良好的行為習慣，當然也是好的。沒有規矩，不成方圓，我自然不反對，可我不能同意只有在方格子裡頭才可以寫字，只有在作文本子上才可以按部就班地碼句子。對我們的孩子來說，每一個字首先是一個玩具，在孩子們拆開來裝上，裝上去又拆開的時候，每一個字都是情趣盎然的，具有召喚力的，像小鳥一樣毛茸茸的，啾啾鳴唱的，而在孩子們運用這些文字組成章句的過程中，摞在一起的章句都應該像積木那樣散發出童話般的氣息。

孩子們為什麼想寫？當然不是為了考試。準確地說，是為了表達。一個人不管多大歲數，從事什麼工作，都有表達的願望。孩子們喜歡東塗西抹，其實和老人們喜歡喋喋不休、當官的喜歡長篇大論沒有本質區別，相對於一個「人」來說，它們的意義是等同的。我聽說現在的孩子們越來越不喜歡寫作文了，這真是不可思議。這甚至是災難。孩子們有多少古怪的、斷斷續續的念頭渴望與人分享？他們害怕作文，骨子裡是害怕表達的方式不符合別人的要求。在害怕面前，他們芭蕉葉一樣舒展和潑灑的心智猶如遭到了當頭一棒。他們有許多話想對別人說，他們還有許多話想在沒人的地方說，他們同時還有許多話想古裡古怪地說。表達首先是一種必須、樂趣、熱情，然後才是方式、方法。害怕作文，其實是童言有忌。

所以我想提議，所有的小學都應當有一塊長長的牆面，這塊牆面不是用於張貼三好學生的先進事蹟的，而是在語文課的「規定動作」之外，讓我們的孩子們有一個地方炫耀他們的

「自選動作」。它的意義並不在於能培養幾個靠混稿費吃飯的人，它的意義在於，孩子們可以在這個地方懂得，順利地表達自己是一件多麼幸福的事，是一件讓自己的內心多麼舒展的事。在這個地方，他們懂得了什麼才叫享受自己。如果表達是自由的，那麼，這種自由是以交流做為基礎的。交流是一種前提，最終到達的也許就是理解、互愛。

一支菸的故事

親愛的孩子：

你一直討厭我抽菸，我也十分渴望戒菸，可是，我一直都沒有做到，很慚愧。

今天就給你講講我抽菸的事，或許對你有所幫助。

一九八三年，十九歲的那一年，我開始了我的大學生涯。

我們宿舍裡有八個同班同學，其中有兩個是癮君子。他們有一個習慣，掏出香菸的時候總喜歡「打一圈」，也就是每個人都送一支。這是中國人在交際上的一個壞習慣，吸菸的人不「打一圈」就不足以證明他們的慷慨。我呢，那時候剛剛開始我的集體生活，其實還很脆弱。我完全可以勇敢地謝絕，但是，考慮到日後的人際，我犯了一個錯：我接受了。這是一個糟糕的開始，許多糟糕的開始都是由不敢堅持做自己開始的。

但人也是需要妥協的，在許多並不涉及原則的問題上，不堅持做自己其實也不是很嚴重的事情。我的問題在於，我在不敢堅持做自己的同時又犯了一個小小的錯：虛榮。其實，所謂的「打一圈」是一個十分虛假的慷慨，如果當事人得不到回報，他也就不會再「打」了。這是常識，你懂的。我的虛榮就在這裡，人家都「請」了我好幾回了，我怎麼可以不「回請」呢？我開始買香菸就是我的小虛榮心鬧的，是虛榮心逼著我在還沒有上癮的時候就不停地買菸去了。

不要怕犯錯，孩子，犯錯永遠都不是一件大事情。可有一件事情你要記住：學會用正確的方法面對自己的錯，尤其不能用錯上加錯的方式去糾正自己的錯。實在不知道如何應對，你寧可選擇不應對。

我抽菸怎麼就上癮了的呢？這是我下面要對你說的。

因為校內禁菸，白天不能抽，我的香菸並不能隨身攜帶。放在哪裡呢？放在枕頭邊上。終於有那麼一天，你爺爺，也就是我的爸爸，來揚州開會了。在會議的間隙，他來看望我。當你的爺爺坐在我的床沿和我聊天的時候，我突然發現了我枕邊的香菸，藏起來已經來不及了。以我對你爺爺的瞭解，他一定是看見了，但是，他什麼都沒有說。你知道的，你爺爺也吸菸，但這並不意味著他會贊成他的兒子去吸菸——他會如何處理我吸菸這件事呢？我如坐針氈，很怕，其實在等。

十幾分鐘就這樣過去了，我很焦躁。十幾分鐘之後，你爺爺掏出了香菸，抽出來一根，在猶豫。最終，他並沒有把香菸送到嘴邊去，而是放在了桌面上，就在我的面前，一半在桌子上，一半是懸空的。孩子，我特別希望你注意這個細節：你爺爺並沒有把香菸送到你爸爸的手上，而是放在了桌子上。後來你爸爸就把香菸拿起來了，是你爺爺親手幫你爸爸點上的。

現在，我想把我當時的心理感受盡可能準確地告訴你。在你爺爺幫你爸爸點菸的時候，你爸爸差點就哭了，他費了好大勁才忍住了眼淚。你爸爸認定了這個場景是一個感人的儀式——他是一個真正的男人了，他男人的身分徹底被確認了。

事實上，這是一個誤判。

我們先說別的，你也知道的，做為你的爸爸，我批評過你，但是，不知道你注意到沒有，爸爸幾乎沒有在外人面前批評過你。你有你的尊嚴，爸爸沒有權利在你的夥伴面前剝奪它。同樣，你爺爺再不贊成我抽菸，考慮到當時的特殊環境，他也不可能當著那麼多同學喝斥他的兒子。我希望你能懂得這一點，做了父親的男人就是這樣，在公共環境裡，如何和自己的兒子相處，他的舉動和他真實的想法其實有出入，甚至很矛盾。這裡頭有一個公開的祕密：做父親的總是維護自己的兒子，但這並不意味著兒子的舉動就一定恰當。

我想清清楚楚地告訴你，父愛就是父愛，母愛就是母愛，無論它們多麼寶貴，它們都不足以構成人生的邏輯依據。

我最想和你交流的部分其實就在這裡，是我真實的心情。我說過，在你爺爺幫你爸爸點菸的時候，你爸爸差一點就哭了。那個瞬間的確是動人的，我終生難忘。就一般的情形而言，人們時常有一個誤判，認定了感人的場景裡就一定存在著價值觀上的正當性。生活不是這樣的，孩子，不是。人都有情感，尤其在親人之間，有時候，最動人的溫情往往會帶來一種錯覺：我們一起做了最正確的事情。你爸爸把你爺爺的點菸當做了他的成人禮，這其實是你爸爸的一廂情願。如果你爺爺知道你爸爸當時的內心活動，他不會那麼做的，絕對不會。一個男孩到底有沒有成為一個男人，一支香菸無論怎樣也承載不起。是你爸爸誇張了。誇張所造成的後果是這樣的：爸爸到現在也沒能戒掉香菸。

孩子，爸爸最享受的事情就是和你交流。囿於當年的特殊環境，你爺爺和你爸爸交流得不算很好，你和爸爸的環境比當年好太多了，我們可以交流得更加充分，不是嗎？

附帶告訴你，爸爸一定會給你一個具備清晰表達能力的成人禮。

祝你快樂！

飛宇

二〇一四年五月二十六日於香港

這個字寫得好

一九八七年年底，我當教師剛剛半年。就在臨近寒假的時候，我得到了一個學生家長的邀請，他讓我到他們家過年。這其實是客套，我哪裡能不知道呢。我就隨口來了句客套話，說：「好的。」

沒想到學生家長來真的了。幾天之後，我收到了學生家長的來信，這位退休的鄉村中學語文教師用繁體字給我寫來一封正式的邀請函，這封信感人至深。有一句話特別地蠱惑人心，老人家寫道：畢老師，我要為你殺一隻羊！

「殺一隻羊」突然使事態變得重大，我就不能不去了。為什麼就不能不去呢？我也說不出什麼理由來。總之，為了老人家的「殺一隻羊」，我必須去。大年二十九，經過一整天漫長的顛簸，我終於站在了退休教師的家門口。體格健壯、精力充沛的退休教師兌現了他的諾言，殘陽如血，當著我的面，他把羊殺了。我當時的感覺真是怪異——大老遠的，我這是幹什麼來的呢？似乎就是為了看一個老人殺羊，但我的感動是實實在在的。

晚宴有些晚了，卻很熱烈。老人家叫來了一大堆的客人。老實說，這頓晚飯我吃得十分彆扭，我的學生喝了一些酒，他用胳膊摟著我的脖子，親切地叫我「飛宇兄」。退休教師當然是講究師道尊嚴的，他站了起來，很不高興。我說過，退休教師體格健壯、精力充沛，所以，他的高興與不高興都伴隨著力量。他大聲喝斥了他最小的兒子，熱烈的酒席一下子就變得有些緊張。

我只好挪出一隻胳膊，摟著我學生的脖子，說：「我讓他這麼叫的，我們平時都這麼叫。」

老人家顯然是將信將疑的，他突然一拍桌子，高聲說：「好！」大夥兒都站了起來，為天下皆兄弟的美好場景乾了杯。

高潮在晚宴之後正式來到了。收拾完桌子，老人家把早就預備好的紙、墨、筆端了出來。他要我寫春聯。這可怎麼辦呢？春聯需要對仗，我一下子哪裡想得出那麼多工整的句子？不過還好，陳詞濫調我還記得一些。真正要命的是毛筆字。我從來沒有練過毛筆字，我的毛筆字其實就是放大了的鋼筆字，這教我如何拿得出手？我想我必須說老實話，就對老人家說：「我真的不行。」我把毛筆遞到退休語文教師的手上，恭恭敬敬地說：「還是您來。」

老人家也喝了酒，熱情高漲，只是推，說：「我怎麼敢在你面前獻醜——你是我兒子的老師！」這句話裡頭是有邏輯的，他的小兒子是他的驕傲，甚至可以說，是這個村子的驕傲。我能給他的兒子當老師，我不動手，誰敢動手？

經過一番艱苦卓絕的推讓，我妥協了。我知道推不掉的。我的毛筆字有多難看，原先只有我自己知道，現在，大夥兒都知道了。可我又能如何？我只有硬著頭皮，一路縱橫。

一口氣寫了十來副，每寫完一副都有人給我鼓掌，這一回，激情四溢的退休教師卻沒有隨大流。他始終在沉默，一定對我的字大失所望。一個讀完中文系的大學畢業生，居然把毛筆字寫成那樣，太不成體統了。我哪裡是低頭寫字，是在低頭慚愧。我的父親從小讀的是私塾，長期在鄉村擔任語文教師，所以我知道，永遠也不能小瞧了鄉村裡的那些老秀才，他們的手上有絕活的。獻醜啊，真是獻醜。

我終於又想起兩行陳詞濫調來了，反正是和「飛雪」有關的。裡頭有一個字，「飛」，「飛字兄」的「飛」。這個字我是擅長的，寫得也就格外有心得。我特地選用了繁體字。在我一筆一畫把繁體的「飛」字寫完了之後，退休的語文教師終於說話了，他激動萬分地說：

「這個字寫得好！」

我能給你的只有一聲吆喝

高考作文考的其實不是學生，它考的是老師，或者說，它考的是教育本身，它要看一看我們的教育已經把同學們訓練到什麼程度了。教育說到底就是「格式化」，它是預備，它要為「自然人」最終變成「社會人」做準備，這是必須的。人總要走上社會，人和人總要交流，人和人總要理解，人和人總要協作——如何交流？如何理解？如何協作？訓練相近的、相似的思維模式和語言表達是一個捷徑。如何才能訓練相近的、相似的思維模式和語言表達？寫作文無疑是一個有效的訓練手段。我想說的是，無論教育怎樣改變，作文訓練總是路徑之一，它沒有錯，也不會錯；這是社會的需要，生存的需要。生存就必須求同——需要調整的也許僅僅是「應試」的準則。但問題是，求同有一個前提，那就是存異。這是教育的尷尬，也是教育的兩難。文明的教育是這樣的，它在求同與存異的兩難面前顯得猶豫，它是心慈的，手軟的，它得和被教育者商量著來——這就是為什麼溫和的老師永遠會受到最大程度的歡迎；而粗暴的教育都有這樣的一個外部特徵：它高屋建瓴，勢如破竹，順我者昌，逆我者亡，一聲令下，令行禁止，我永遠對，你永遠錯。沒有一個孩子會發自內心地喜愛那些自以為是、好為人師的傢伙。

問題還在於，在中國現行的教育體制裡頭，文明的、心慈和手軟的教育往往離「北大」和「清華」過於遙遠，「嚴師」能出「高徒」嘛。「高徒」之「高」當然是「高分」之「高」。它的代價是有同無異。

然而，「一娘生九子，連娘十個樣」，這句話說出了「異」的頑固與「異」的力量。這就要說到為什麼在「高考作文」之餘有那麼多的「作文大賽」了。作文大賽的目的從來不是考驗「教學成果」的，說得明白一點，它渴望觀察的是同學們的真本性——你還有哪些與眾不同的地方，你不同於一般的天性，你不同於一般的閱讀，還有你不同於一般的表達。

我曾經做過一次涵蓋面很廣的中學生作文大賽的評委，閱卷的時候我們突然發現了這樣一個基本的事實，初中生的作文玲瓏剔透，洋溢著才情，洋溢著稚嫩的性格。一等獎的名額只有三個，可是，我們每一個評委的手上都有四五篇活潑可愛的小文章，一等獎給誰呢？我們傷透了腦筋，每個人都在爭，都有點傷和氣了。我至今還記得那個小女孩，我沒有能為她爭取到她該得到的。頒獎的時候我特地找到了她，我對她說，你真是太有才了。

可是，在高中組，壞了，許許多多的作文都面目可憎（請原諒我用了這樣一個過於嚴厲的詞）。眾口一詞，千人一腔。到處都是空洞的、正確的話。我看不見年輕的面孔，我聽不到年輕的血液在奔湧，我能看到的只是一個又一個和我年紀相仿的男人和一個又一個和我年紀相仿的女人——那是他們的語文教師。他們在拷貝或掃描他們的老師。這樣做萬無一失。

萬無一失的寫作一定是天下最無聊的寫作。這一屆中學生作文大賽沒有能夠產生一等獎，所有的評委都說，空著吧，我們的大獎是給高中生的，我們不能把這樣的榮譽授予一個年幼的副總經理。

我不能批評我們的教師，這不公平。我也不能批評我們的同學，這也不公平。在現行的教育體制裡頭，他們自有他們的壓力。但是，這樣一說我們的高中生們也許就明白了：作文大賽就是作文大賽。它不是高考的演習，它不是高考的預備會議。它是一個特別好玩的GAME。如斯而已。

你怎麼就不知道撒歡呢孩子？忘了，是吧？沒關係，我們試試看。你看看你的手，你看看你的腳。那其實不叫手，那其實不是腳。那是你的四個小小的、毛茸茸的卻是馬力強勁的蹄子。你長長的面頰上沒有轡頭，你修長而凹陷下去的後背上沒有馬鞍，你弧形的視網膜上是天空和大地的影子，你知道你跑起來有多帥，有多美？你一蹦就是好高。風就在你的小尾巴上，它千絲萬縷。你看不見。可是，相信我，我能看見。我們都能看見。是真的。

我知道你很辛苦。可是，機會並不多。你還愣著幹什麼？太陽、大地、草、露水，還有你看不見的風都在你的面前，也許，這些都是你的。你有四隻蹄子。你欠了它們，它們的命運叫撒開來。你還愣著做什麼？——駕！這是我要對你說的，也是我對你最大的祝福。

輯二　我有一個白日夢

自述

一

我喜歡許多東西，其中有一樣叫關係，也就是男女關係的關係。我們活在世界上，自然和這個世界就有了關係。這個關係在哪裡呢？在我們的感受和判斷中。因為是「我們」的感受和判斷，這一來就有意思了。人和人不一樣，有些人是一塊平整的玻璃，透過他，你看到了什麼世界就是什麼；有些人是凸透鏡，從他的身上你只能看到放大的本體，真相永遠是巍峨的，闊大的；有些人是凹透鏡，所有的一切到了他那兒就縮小了，千絲萬縷，纖毫畢現；而有些人乾脆就是鏡子，他是阻隔，你從鏡子裡只能看見他自己，當然，還有一些被顛倒的東西。所以，可供所有人信賴的關係是不存在的，有的只是這樣一個基本的事實：一個人是一個世界，一個人構成了一種關係。

關係這東西就是這樣變得可愛起來的。它有了蠱惑人心的魔力。究竟哪一種關係是可靠的、真實的？你永遠也不可能知道。但是，有一種人，他渴望知道，這個人就是作家。作家最渴望得到的是一個資料，那就是，你的感受與判斷和這個世界能不能構成一比一的關係。

換句話說，你能真正地知道世界的真相麼？你憑什麼就認準了這個世界是「這樣」的呢？

由此，人與人成了一個核心的問題，我們彼此並不知道。它是寫作的困境，也是「活著」的困境。

更可怕的一點還在於，這個世界上有極權，極權給我們下了死命令，它告訴我們：「世界就是這樣！」如果你認為世界不是「這樣」，你就必須受到「教育」與「改造」，在「教育」與「改造」過後，我們變成了一個浩大的集體，中國人就是這個世界上最大的集體。我們在集體之中，我們為集體而活著。

在許多時候，一個普通的中國人，其實處在泰坦尼克號上。當泰坦尼克要下沉的時候，你只能往下沉。這就是我反反覆覆在寫的東西。我與這個世界究竟可以構成怎樣的關係？這是推動我進一步往下寫作的基本力量。

二

我的小說，寫了很多種類型的人物，但給讀者留下較深的印象的，一是農民，一是女性。《玉米》、《青衣》，包括我的新書《平原》都是這樣。

「五四」之後，面對中國的農民，許多作家都做了很多很好的功課。但是我認為，除了魯迅以外，大多數都做得並不好。我說做得不好，依據是什麼？我的依據是，許多作家都有一個道德癖，在他做為一個精英分子出現的時候，他是帶著感情來的，來幹什麼？來發放同情。我們的文學似乎有了這樣的一個鐵律：把同情心給了農民，然後，像模像樣地灑一兩滴淚，他的工作就完成了，同時，他自我美化的壯舉也就完成了。魯迅不這樣。魯迅面對農民的時候，他會仔細地看，正過來看，反過來看，甚至，翻過去看。魯迅的「農民」立體感要強得多。就憑這一點，魯迅高出了同代作家一大塊。其實，在農民這個話題面前，作家是很難下手的。舉一個例子，我有一次到南京師範大學跟同學見面。一個同學到我家去接我，接我的時候路過樓的拐角，幾個農民正蹲在那兒。那個同學自言自語說：「淳樸的農民。」我立即就停了下來，我說，你怎麼知道他是淳樸的？你的依據是什麼？我告訴他，「淳樸的農民」是一個判斷，你這個判斷是你的小學老師、中學老師、大學老師做為一種知識給你的，而不是生活給你的，不是你和農民在一起摸爬滾打，在一起構成了豐富、複雜的人際關係之後得出來的結論。如果你要說淳樸的農民，我希望你把你老師的話全部忘掉，等你和農民有了接觸，和農民一起生活、血肉模糊的時候，那時，你說淳樸的農民，我就信。我要說的是，農民身上有淳樸的一面，有絕對善良的一面，但是千萬別忘了，農民身上還有極其殘忍的一面。可是，對於農民身上的殘忍，輕易地去批判，我恰恰又是不敢的。為什麼，農民的殘忍自有其原因，一旦他失去了殘忍，他也許就無法活下去。所以，我首先要關心一個問題，在什麼樣的環境下面，我們的農民不需要殘忍，他還可以體面地活下去！所以，關於農民，這幾年我在反反覆覆地寫，其實，每一次寫的時候，我都特別地猶疑，特別地困惑。《平原》裡寫的也是農民問題，但我不敢說，我對農民有了發言權。對我來說，農民問題依然是個巨大的黑洞。

我的小說另外一個人物類型是女性形象。玉米三姊妹，《平原》裡的三丫、吳蔓玲，都是我比較用心的對象。談到這裡，我可以引用一位哲學家的話：「只有婦女解放了，社會才會解放。」我想，如果我這樣說，很可能體面一點。但是，我不想說謊，我寫婦女，動機不在這裡。我的動機還是對命運和性格的好奇。在命運和性格面前，寫男人和寫女人是一樣的。有人以為我是一個女權主義者，我不是。女權主義能否成為人文主義之外的一個主義，我是懷疑的。我每一次出門參加活動，都會有人問我同樣的問題，你為什麼總盯著女人不放？我的回答其實也是一樣的，相對於文學來說，人物是無性別的。我沒寫女人，我寫的是人。當然嘍，在寫作中，我不能犯常識性的錯誤。比方說玉米若是男人，我不會安排她去生孩子，比方說攸燕秋若是男人，我不會安排她去墮胎。但除此以外，人生中的一些境遇，人內心對疼痛的敏感，人對外部世界的體驗，我覺得是一樣的。如果作家關注的問題，僅僅是女性的問題而男性可以逃脫；反過來說，如果僅僅是男性的問題而女性可以逃脫，那麼我覺得這個作品可以不寫。對我來說是這樣的。

三

在中國當代作家中，有很多優秀的作家，譬如一出道就達到了極高水準的蘇童，他極有天分。譬如後天完成得特別好的王安憶。你問我最熱愛誰？莫言。莫言是偉大的小說家。我喜歡他身體好。他身體好不好？我不知道，但我認準了他身體好。當我做為一個讀者去看小說的時候，我有點怪的。透過文字，我喜歡看這個作家身體好不好，能不能吃。只要我認為這個作家有非常強健的體魄，我就一定會喜歡他的小說。我覺得莫言身體特別棒，在一次答記者問的時候，我說：莫言有兩顆腦袋、三顆心臟、四個胃、八個腎，這個荒謬的感受就是莫言的文字給我造成的印象。透過莫言的文字你感覺到，他有驚人的能量。莫言的那雙眼睛多麼好，對色彩是多麼敏感。你可以發現莫言的耳朵是多麼好，不管是公貓叫還是野貓叫，他一聽就知道，說什麼，他也聽得懂。然後，你可以看到莫言的鼻子是多麼厲害。他的小說裡大量地寫許許多多的氣味，他寫水的氣味、陽光的氣味、大蒜的氣味、女人身體的氣味。你讀的時候可以感覺到那個氣味很厚實，具有親和力，撲過來似的。讀莫言你可以產生幻覺，然後，身臨其境。當然，莫言的小說也有很多毛病，但是，他就是這樣，我認為莫言是一個可以在批評面前獲得豁免權的作家。他有毛病又怎麼樣？要求莫言完美是野蠻的。

幾次記憶深刻的寫作

一、〈祖宗〉

〈祖宗〉於一九九三年刊發在《鐘山》上，實際的寫作時間則是一九九一年。之所以拖了這麼久才發表，是因為那時候我還處在退稿的階段，一篇小說輾轉好幾家刊物是常有的事。

一九九一年我已經結婚了，住在由教室改造的集體宿舍。因為做教師，我不可能在白天寫作。到了夜裡十點，宿舍安靜下來了，我的太太也睡了，我的工作就開始了。

〈祖宗〉寫的是一位百歲老人死亡的故事。這個故事是我閒聊的時候聽來的，我的來自安徽鄉村的朋友告訴我：在他的老家有一種說法，一個人到了一百歲如果還有一口的牙，這個人死了之後就會「成精」，是威脅。

一九九一年，中國的文學依然很先鋒，我也在先鋒。先鋒最熱中的就是「微言大義」——我立即和一位百歲老人滿嘴的牙齒「幹」上了。和大部分先鋒小說一樣，小說用的是第一人稱，「我」進入了小說，進入了具體的情境。

但是，很不幸，就在百歲老人的生日宴會上，「我們」發現了一件事，老人的牙齒好好的，一個也不缺。這是一個駭人的發現。一家人當即做出了一個偉大的決定，把老人的牙拔了。牙拔了，老人也死了，然而，不是真的死。等她進入了棺槨之後，她活過來了，她的指甲在摳棺材板。一屋子的人都聽見了，誰也不敢說話。吱吱嘎嘎的聲音在響。

〈祖宗〉所關注的當然是愚昧。這愚昧首先是歷史觀，我們總是懷揣著一種提心吊膽的姿態去面對歷史，所以，要設防。拔牙也是設防。愚昧的設防一直在殺人。

——還是不要分析自己的作品了吧，我要說的是另一件事，是我寫拔牙那個章節。不知道為什麼，寫這一節的時候我突然害怕了。是恐懼。我感受到了一種十分怪異和十分鬼魅的力量，在深夜兩點或三點，恐懼在我的身邊搖搖晃晃。我還想說，恐懼是一件很古怪的事，如果恐懼發生在深夜兩點或深夜三點，這恐懼會放大，無限放大。我的寫字桌就在窗戶的下面，就在我越來越恐懼的時候，不幸的事情發生了，我看見窗戶上的玻璃驟然明亮起來，四五條閃閃發光的蛇在玻璃上蠕動——它是閃電。隨後，一個巨大的響雷在我的頭頂炸開了。回過頭來想，這一切在事先也許是有徵兆的，我沒有留意罷了。巨大的響雷要了我的命，我蹲在了地上，我的靈魂已經出竅了。

我唯一能做的事情就是把我的太太叫醒，驚慌失措。我太太有些不高興，她說，響雷你怕什麼？響雷我當然不怕，可是，我怕的不是這個。是什麼呢？我也說不上來。

在後來的寫作歲月裡，我再也沒有遇到過類似的事件。我想說的是，在具體的寫作氛圍裡頭，你是一心一意的，你是全心全意的，你的內心經歷了無限複雜的化學反應，你已經不是你了。內心的世界它自成體系，飽滿、圓潤，充滿了張力。但是，它往往經不住外在力量的輕輕一擊，更何況電閃雷鳴。

在寫作狀態特別好的時候，你其實不是人。你能感受到你在日常生活裡永遠也感受不到的東西，這也是寫作的魅力之一。

二、〈玉秀〉

我們家有我們家的潛規則，在我的寫作時間，任何人進來都要先敲門，包括我的太太。就在我寫〈玉秀〉的時候，她忘了。

具體的日子我記不得了，反正是一個下午，那些日子我的寫作特別好——在我寫作特別好的時候，我不太餓，因此吃得就少（吃得少，人還容易胖，天知道這是怎麼回事）。到了這樣的時候我的太太就很辛苦，有時候，一頓飯她要為我熱好幾次。四五次都是有的。就在那個下午，她為我送來了一杯牛奶。也許是怕打攪我，她輕手輕腳的，我一點都沒有聽到她的動靜。

我在寫。我的眼睛看著我的電腦，一切都很正常。可是，我覺得身邊有東西在蠕動，就在我的左側。我用餘光瞄了一眼，是一隻手。還是活的，正一點一點地向我靠近。出於本能，我一下子就站了起來。

也是我的動作太猛、太快，我的太太沒有料到這一齣，她嚇著了，尖叫一聲，癱在了地板上。杯子也打碎了，白花花的全是奶。

一個家裡只要有一個作家，這個家往往會很平靜。但是，這是假象。他的寫作冷不丁地會使一個家面目全非。法國人說：「最難的職業是作家的太太。」此言極是。這是寫作最可恨的地方之一。

三、〈地球上的王家莊〉

在閒聊的時候，大部分批評家朋友都願意說：〈地球上的王家莊〉是我最好的短篇，不是之一，就是最好的。他們說：這東西有點「神」。我不置可否。我知道，這樣的話題當事人是沒有發言權的。別人怎麼說，我就怎麼聽。

終於有一天，一位朋友讓我就〈地球上的王家莊〉寫幾句「感言」，反正就是創作談一類的東西。

我為什麼要寫這個東西？我知道。這個東西究竟寫了什麼？我也都記得。可是，有一件事是可笑的——我的哪個作品在哪裡寫的，在哪個房子的哪間屋子，也就是說，寫作的過程，我都記得——〈地球上的王家莊〉我可是一點都想不起來了。一點蛛絲馬跡都沒有。

為此我做過專門的努力，想啊，想，每一次都失敗了。有時候我都懷疑，這個短篇究竟是不是我寫的呢——它所關注的問題是我關注的，它的語言風格是我一貫堅持的，從這個意義上說，〈地球上的王家莊〉肯定是拙作，可是，關於它的寫作過程，關於它的寫作細節，我怎麼就一點也想不起來了呢？

〈地球上的王家莊〉是我寫的，我卻拿不出一點證據。他是私生子——我喝醉了，和一個姑娘發生了一夜情，她懷上了，生下來了。後來那個姑娘帶著孩子來認爹，我死不認帳。再後來，法院依據醫院的親子鑑定判定了我是這個孩子的父親。我認了，必須的。從此，我對這個孩子就有了特別的愧疚，還有很特別的那種愛。越看越覺得是別人的，越看越覺得是親生的——我就是想不起他生母的身體。唉。

寫作要面對戲劇性，沒想到寫作自身也有它的戲劇性。好玩得很吶。

四、《青衣》

《青衣》我寫了二十多天，不到一個月——許多媒體的朋友總喜歡把我說成特別認真的小說家，幾乎就是一個字一個字地摳。我不反對。人家誇我，我反對做什麼，我又沒毛病。

其實我寫作的時候挺「浪」，一高興就「嘩啦嘩啦」地。當然，「嘩啦」完了，我喜歡放一放，再動一動。這一放、一動就有了好處，看上去不「浪」了，是「悶騷」的那一類。

「悶騷」就比較容易和「穩重」掛上鉤，最終是「德高望重」的樣子。

一九九九年的年底，我開始寫《青衣》，快竣工的時候，春節來了。我只能離開我的電腦，回老家興化過年。走之前我把返回的車票買好了，是大年初五。老實說，我一天也不想離開我的《青衣》。等春節一過，我在大年初五的晚上就可以坐在我的電腦前面了。一切都很好。

就在大年初五的上午，我的小學、中學的老同學知道我回興化了，他們約我喝酒。我說，這一次不行了，我的票都買好了，下次吧。我的一位老闆朋友大手一揮，「票買好了要什麼緊，撕了，回頭我讓我的司機送！」

喝到下午，我對老闆說，我該回南京了，叫你的司機來吧。我的老闆朋友笑了，說：「你還真以為我會送你？你起碼再留兩天，過年嘛，我們再喝兩天！」

這個結局是我始料不及的，我很光火。我把筷子拍在桌面上，說：「你搞什麼搞！」站起來就走。

今天把這個故事寫出來，目的只有一個，我要對我的朋友說一聲抱歉。我感謝你們的好意。可是，有一點你們是不瞭解的，一個寫作的人如果趕上他的好節奏，讓他離開作品是很彆扭的，他的人在這裡，心卻不在這裡。這個世界上總有一些事情是不可以被打斷的，比方說，做愛。

寫作不是做愛，不可能是。可是，在某個特別的階段，其實也差不了太多——我說這些無非是想告訴我的朋友，我當初對你那樣，完全是因為那個青衣。她是你「嫂子」，你「嫂子」要我回去，我又能怎麼辦呢？

五、還是《青衣》

二〇〇五年，我遇見了一個五大三粗的男人，他告訴我，他喜歡《青衣》。我的自我感覺很好。從外形上看，他不該是文學的愛好者，事實上，他坐過十二年的牢。連這樣坐過十二年牢的、五大三粗的人都喜歡《青衣》，我沒有理由不樂觀，為自己，也為中國的當代文學。

二〇〇六年，我有機會去江蘇的幾家監獄訪問。在（蘇州監獄）訪問期間，我知道了，監獄裡的監管極其嚴格，但是，他們有機會讀書，尤其是當代的文學雜誌。一位「前書記」說，在監獄裡三年了，他讀的小說比他前面的五十多年都要多。「前書記」親切地告訴我們：「很高興。我對你們很瞭解咧！」

寫下這個故事，無非是想說這樣的一句話：

中國的監獄為中國的當代文學做出了巨大貢獻！特此感謝，特此祝賀。

六、《推拿》

因為寫了《推拿》，我在盲人朋友那裡多了一些人緣。他們有重要的事情時常會想起我。就在去年，我突然接到一個電話，是一個盲人朋友打來的。他邀請我參加他的婚禮。他是盲人，他的新娘子也是盲人，全盲。

我很榮幸地做了他們的證婚人。在交換信物的這個環節，新郎拿出了一只鑽戒。新郎給新娘戴上鑽戒的時候用非常文學化的語言介紹了鑽石，比方說，它的閃亮，它的剔透，它的純潔，它的堅硬。我站在他們的身邊，十分希望新娘能感受到這些詞，閃亮，還有剔透。她配得上這些最美好的詞彙。可是，我不知道新娘子能不能懂得，我很著急，也不方便問。

在《推拿》當中，我用了很大的篇幅去描繪盲人朋友對「美」的渴望與不解。那是一個讓我十分傷神的段落。「美」這個東西對視覺的要求太高了，如果我是一個盲人，我想我會被「美」逼瘋。說實在的，在證婚的現場，我很快樂，卻也有點說不出來路的心酸。——我知道這是一種多餘的情緒，我很快就趕走了它們。

新娘子從口袋裡拿出了一樣東西，然後向主持人要話筒。新娘子的第一句話就是「我很窮，」新娘子說：「我沒有錢買珍貴的東西。」新娘子接著說：「我用我的頭髮編了一個戒指。」新娘子最後說：「用頭髮編戒指是很難的，我就告訴我自己，再難我也要把它編好。

半年了，我一直在為我們的婚禮做準備。」

頭髮是細的、滑的，用頭髮去編織一只戒指，它的難度究竟有多大，我想不出來。但我要說的不是這個，我要說的是「做準備」。

這個世界上什麼東西最動人？我想說，是一個女孩子「做準備」。它深邃、神祕，伴隨著不可思議的內心縱深。我想說，女性的出發沒什麼，「準備」出發是迷人的；女人買一只包沒什麼，「準備」買一只包是迷人的；女性做愛沒什麼，「準備」做愛是迷人的。生活是什麼，在我看來就是「做準備」。

由此我們可以看看文化或文明是個什麼東西，文化或文明就是準備生、準備死。有人問我：什麼是專制。我說：所謂專制，就是千千萬萬的人為一個人的死做準備。準備的方向不同，文明的方向也就不同。古希臘的文明是「準備生」的文明，古埃及的文明是「準備死」的文明。

一個女孩子在為她的婚禮「做準備」，男人很少這樣。男人的準備大概只有兩個內容，一、花多少錢；二、請什麼人。這其實不是「做準備」。「做準備」往往不是閃亮的，剔透的，很難量化。相反，它曖昧，含混，沒有絕對的把握。它是猶豫的。活到四十六歲，我終於知道了，人生最美好的滋味都在猶豫裡頭。

誰也不能哭出來

《雨天的棉花糖》起筆於一九九二的春天，就在暑假即將來臨的時候，小說快竣工了，可是我發現，我看不到我預期的結尾。我預期什麼呢？說起來很簡單，是一種情感狀態：欲哭無淚。我在折騰小說裡的人物，也在折騰我自己，我們彷彿約好了，誰也不能哭出來。

誰也不能哭出來，這個情感狀態，或者說這樣的分寸感有意思嗎，有意義嗎？我說不好。我只能說，一個人在寫作的時候極其頑固，伴隨著寫作，他會給自己預設一些不可理喻的、不講道理的目標，然後，搬著自己的腦袋往上撞。小說發表出來之後，讀者是否注意到了你的這個預期？是否認同你的這個預期？這不重要。重要的是，面對這一部作品，我想這麼幹，我必須這麼幹。《雨天的棉花糖》的結尾或者說「調子」必須是欲哭無淚的。

在前往徐州的路上，是在南京火車站吧，我坐在水泥臺階上，再一次閱讀了尚未完工的手稿。還沒有讀完，我做出了一個瘋狂的決定，我決定把小說的人稱由「他」換成「我」。必須承認，我當時並不知道這個決定有多「瘋狂」，等我再一次回到南京，我知道了，換小說的人稱不只是把「他」換成「我」，或者說，把「我」換成「他」，它的艱難程度一點也不亞於二婚。

年輕好哇。年輕最大的好處就在於只相信自己而不相信困難。轉眼暑假就到了，那個暑假有巴賽隆納奧運會，那也是我擁有了電視機之後的奧運會。可是，我對那一屆奧運會的記憶是模糊的，我的心思全花在了一個叫「紅豆」的男子身上了，「紅豆」是《雨天的棉花糖》裡最重要的人物，一個從「對越自衛反擊」中返回故里的軍人，一個失敗的軍人。

我沒有參過軍，沒有任何戰爭經歷，我為什麼要寫「紅豆」呢？我的動機到底在哪裡？我的熱情和渴望究竟是什麼？

時光必須回溯到一九八八年的春節。我是一九八七年大學畢業之後來到南京的，半年之後，也就是一九八七年的年底，我接受了一位學生家長的邀請，去學生的家裡過了一個很特別的春節。我認識了我學生的「二姊」和「二姊夫」，很不幸，他們正在鬧離婚。鬧離婚的理由不複雜——「我二姊一直都瞧不起我二姊夫」。

一望可知，「二姊夫」是一個弱勢的人，瘦小，心深，鬼，瞇瞇眼。他幾乎不正眼看人，看之前先要把眼睛閉上，睜開之後馬上又避開。我其實很害怕和他交流，我就希望他端端正正地看著我，四眼相對，然後好好說話。可他偏偏就不看，一眼都不看。和所有痛苦的人一樣，「二姊夫」對陌生人有一種難以理喻的熱情，他堅持把我邀請到了他家，他讓我在他的家裡「住兩天」。

在深夜，「二姊夫」來到了我的房間。我想說，這次談話對我來說是重要的，我的心一波三折。我不敢相信坐在我面前的「二姊夫」是一個退伍軍人，他的身上沒有半點退伍軍人的氣息與痕跡，令我更加不能相信的是，「二姊夫」參加過「對越自衛反擊戰」。我想我的吃驚有些過分了，過分的吃驚就等於懷疑。為了證明他的話是真的，「二姊夫」把他的戰地日記翻了出來，十分鄭重地遞到了我的手上。我的小人之心馬上得出了一個陰暗的判斷，他做這一切是有目的的，他想讓我這個客人知道，在這個家裡，他並不是一個弱者，不是一個隨便可以讓人踢出去的軟蛋，起碼，他有一個強壯的、伴隨著硝煙與爆炸的過去。

接過日記本的時候，我的心中充滿了崇敬，要知道，那是一九八八年。一個剛滿二十四歲的年輕人必然是這樣的——他對一切經歷過戰爭的人都心存崇敬。但是，很不幸，戰地日記寫得很糟糕，幾乎沒有具體內容，沒有戰地生活，沒有畫面，沒有描述，我讀到的只是決心、激情、效忠、吶喊，對死亡（犧牲）的熱切以及沒有來路的、又大又空的愛。

後來，「二姊夫」從我的手上把他的日記本拿了回去，闔上，撫摸，輕聲罵了一聲「他媽的」，然後說了一句讓我終生難忘的話：「白寫了，沒死掉。」

這句話在我的心口上劃了一刀。我望著「二姊夫」，他還是沒有看我。為了回避我的目光，他昂著頭，閉著眼睛，在微笑。他的表情和腔調是自嘲的、自賤的，很羞愧、很不甘。必須承認，他的表情尤其是他的腔調在我的心口上又劃了一刀。我想說，此時此刻，他多麼渴望感受一個烈士的榮光與驕傲。死了多好，如果他死了，他就什麼都有了。他是有機會死的，他已經做好全部的鋪墊和全部的準備，命運卻把他送回了家。多麼遺憾！他的一生將為此而懊惱，追悔莫及。

他媽的，白寫了，又沒有死掉。

現在（不是當時）的問題是，他活著回來了，還沒有殘疾，然而，是什麼讓一個從戰場上安全回家的退伍軍人如此懊惱並追悔莫及的呢？

我記住了「二姊夫」，可我沒有想到有一天我會寫一個退伍軍人的故事。

以我寫作的經驗來看，一個印象，或者說，一個記憶，很難生成一部小說。小說是在什麼時候生成的呢？是在一個印象、一個記憶被另一個印象、另一個記憶啟動的時候。我的小說大多來自於這樣的啟動。

現在我必須要說另一件事。

把「二姊夫」啟動起來的是《新聞聯播》裡的一個電視畫面。具體的日子我記不得了，我能夠肯定的只有一點，是九十年代之後、我寫《雨天的棉花糖》之前。電視畫面來自美國的空軍機場，內容是老布希去迎接美國的戰俘。老布希很激動，他對那些做過戰俘的美國大兵說：「你們是美國的英雄！」

在今天，這句話也許很普通，可是，我必須要強調，那是九十年代初。老布希的話在我的耳朵裡是石破天驚的，老布希的話遠遠超出了那個時代一個中國年輕人的認知能力，它強勁地突破了我的情感方式，它毀壞了我的內在邏輯。

電視畫面還在繼續，老布希的講話之後，我看到了美國空軍機場上眾多的女人，她們是母親或妻子。她們在流淚，她們幸福，她們自豪。她們在和一個又一個死裡逃生的「前戰俘」擁抱，親吻。我不能接受老布希的話，可我必須無條件地接受一群女人的幸福與快樂。母親與妻子的幸福快樂必須是正確的，只能是正確的，她們的淚水內部富含人生的常識和恆久的真理。如果不是這樣，錯的只能是生活。

現在（也是當時）的問題是，如果這群大兵是中國人，結果將會怎樣？我們的母親們和我們的妻子們會如何面對自己的親人？空軍機場是透明的還是祕密的？母親與妻子是自豪的還是自卑的？

「二姊夫」來了。「二姊夫」和美國的空軍機場彼此毫無關聯，可是，他神祕地降落在了我的記憶表面。他的面貌比當初的那個深夜還要生動，還要鮮活。他的身邊沒有母親，沒有妻子，他的身邊沒有老布希。他的身上布滿了疼痛的痕跡。我知道我可以寫點什麼了。

一切都是假設，但是，如果假設讓我也疼痛了，我就有理由認定，假設離地面只有二十公分，一陣風就可以把它吹落下來。

真的不複雜，《雨天的棉花糖》寫了一個戰俘。它是一個悲劇。我當然知道悲劇的硬指標：眼淚。

然而，讀《雨天的棉花糖》可以流淚麼？

我的答案是不能。說到底這不是答案，是我的希望，是我對《雨天的棉花糖》的一種預期。

悲劇無非有兩種——

一種是「可以解決」的悲劇；一種是「尚未解決」的悲劇。已經解決的悲劇必須讓人流淚，流淚說到底是一件痛快的事；另一種悲劇是，它在我們的現存生活中依然不可能得到解決，它只能是欲哭無淚。——這是美學原則麼？不是，是我的一廂情願。

我的一廂情願並不成功，事實上，《雨天的棉花糖》發表之後並沒有引起什麼關注，它甚至連發表出來都是困難的，這就是為什麼直到一九九四年讀者朋友們才能夠讀到它。人們可以用成敗來論英雄，父母卻從來不用成敗來論孩子。對我來說，《雨天的棉花糖》永遠是我最特殊的一個「孩子」，特殊在什麼地方呢？在我和「紅豆」朝夕相處的那些日子裡，我深深地愛上了他。到現在為止，在我的小說人物譜系裡，「紅豆」是我最喜愛的一個人。不是我塑造了他，是他幫助了我。他為我替換了精神上的軟體，因為「紅豆」，我看世界的方式發生了本質性的轉變，他讓我長大了，「成人」了。如果允許我說得大一點，誇張一點，我想說，通過《雨天的棉花糖》的寫作，我由一個「無產階級革命事業的接班人」蛻變成了一個人道主義者。

《雨天的棉花糖》，是我小說寫作的一小步，卻是我人生的一大步。我一再對媒體說，我感謝寫作，卻始終沒有機會把這句話說清楚，現在，我想把我的「感謝」說清楚一些——

因為人生經歷的局限，我其實不是在現實生活中成長起來的，我的每一次精神上的成長都是在寫作中完成的。無論你怎樣批評我自戀，我都要說，我真切地愛著我小說裡的那些人物，他們從不讓我失望。我希望有這麼一天，他們能對我說，我們也愛你，你從來也沒有讓我們失望。

談藝五則

短篇小說

我所渴望的短篇小說與經驗的關係並不十分緊密，相對說來，我所喜愛的好的短篇似乎是「不及物」的。因為「不及物」，所以空山不見人，同樣是「不及物」，所以但見人語響。有時候，我認為短篇這東西天生就具有東方美學的特徵。東方美學是吊人胃口的美學，我經常用一個庸俗的例子來說明這個問題。比如說一塊羊肉，你把它烤一烤，它散發出來的香味讓你直流哈喇子，簡直要了你的命，可是，你真的把它送到嘴裡，也就是那麼回事。這裡頭還有一個「大」與「小」的關係，一塊羊肉能有多大？然而，只要在街頭烤了那麼一下，神話馬上出現了，「羊肉」變得巨大無比，十里長街它無所不在，你看不見它，可它卻放不過你，是眼不見為實的，它具有了壓倒性的、統治性的優勢。這就是「味道」的厲害。「味道」是事物的屬性，卻比事物大，比事物大幾百倍。短篇就是一塊羊肉，不同的是，它被「烤」了那麼一下。

短篇是怎麼「烤」出來的呢？我不知道。但是有一點是顯而易見的，短篇難以回避它的技術性。在藝術問題上談技術是危險的，它不如「主義」超凡脫俗，更不如「主義」振聾發瞶。但是，技術有它的實踐性，藝術同樣有它的實踐性，你可以無視它，但是，只要你從事，你繞不過去。寫作和美術不同，和音樂不同，和競技體育更不同，那些東西沒有專門的細節訓練是不可想像的。寫作不一樣，寫作有它的寬泛性，有時候，會寫字就可以了。這種寬泛性容易掩蓋寫作的技術。所以，二十世紀九十年代的中國文學「事件」多、思潮多、口號多，好的小說，尤其是好的短篇小說卻不多，這和寫作的寬泛性有直接的關係。寫作不再是藝術生產，而直接是藝術股市，甚至於，是藝術期貨，帶有買空賣空的性質。幾年前我讀過一篇文章，文章說，好小說一定是最不像小說的小說。這是標準的回避常識的說法，這同時還是好大喜功的說法。西瓜不像小說，液體牙膏不像小說，浮腫不像小說，鼻涕也不像小說，這又能說明什麼？只是一句空話。所以我堅持這樣的觀點，好小說應當經得起「意義」（如果有意義的話）的考驗，同樣也要經得起技術性的文本考驗。

中篇小說

我所渴望的中篇首先應當具備分析的特徵，分析的特徵確保了事物的本質能夠最充分地呈現出來。本質總是堅固的，可信賴的。有了這樣一種底色，你想描繪的人物大多不會遊移，從而使人物一下子就抵達了事件。

這不是什麼深刻的道理，我們所缺少的是堅定不移的實踐，實踐的願望、能力與勇氣。

我們看到了大量的放縱的創作，放縱的作品大多是人浮於事的。一些批評家們跟在後面起哄，把「人浮於事」的創作上升到了自由的高度。放縱和自由是完全不可對等的東西，它們是貌合的，卻更是神離的。

王安憶有一個說法我十分地贊同，她強調小說的「推導」功能。「推導」這個詞帶有形式邏輯的學究語氣，但是，在我看來，「推導」是小說中——尤其是中、長篇——必不可少的「判斷的控制」（韋恩．布斯《小說修辭學》）。由人的行為（或內心）到人，到人的關係，再由人的關係到人，到人的內心（或行為）。

與短篇小說相反，我所渴望的中篇與經驗有著血肉相連的關聯。它是「及物」的，伸手可觸，一開口說話就帶上口紅和晚餐的氣味。

人稱

「我」是新時期小說的第一人稱。有人說，「我」應當是所有小說的唯一人稱。這句話氣派宏大。

我承認這是一個很大的話題，我甚至願意承認，這是一個很有意義的話題。但是，這和結論是兩碼事。我對這個問題感興趣是因為李敬澤，那是「多年以前」了，我和敬澤在一間房子裡枯坐，他翻著一本雜誌。敬澤突然丟下手裡的東西，說，怎麼離開「我」都不會寫小說了？敬澤沒有說下去，我也沒有再問，但是這句話在我的心裡留了下來。

怎麼離開「我」就不會寫小說了？是「我」大了？還是小說「小」了？朱蘇進說，作家應當比作品大。這句話我同意。可是我想了又想，朱蘇進的話和「人稱」似乎並不相干。

現實主義

現實主義是我非常鄙視的東西。那是沒有想像力的標誌。在我做了父親之後，我的看法有些改變。徐坤說：做父親改變了男人的內分泌。徐坤一語中的。做父親之前，我想像著兒子，做了父親之後，我凝視著兒子。這就牽扯到想像力與觀察力的問題了。觀察是有意義的，它會提醒你，你對別人有用，說得文氣一點，它會讓你有價值感。想像力絕對是不可或缺的，但是，觀察力的價值就在於，它有助於你與這個世界建立這樣一種關係：這個世界和你是切膚的，你並不游離；世界不只是你的想像物，它還是你必須正視的此在。這個基本事實修正了我對藝術的看法，當然也修正了我對小說的看法。觀察的結果是這樣的：它使我看到了世界的不安全，奇怪的是，我卻比任何時候更關注這個世界。一個人在想像的時刻，他的眼神通常是不聚焦的，而在他觀察的過程中，他的眼裡布滿了警惕。在我睜大眼睛四處張望的時候，我意識到，我是一個男人了，一個不能不關注未來和命運的男人。所以，我要說，現實主義不完全是小說修辭，它首先是凝視和關注。

敘述

敘述不是敘述，是你處理關係，以及你的處世方式。所以敘述的第一要素是你介入事件的通常心態，然後才是語言。我寫小說的時候時常對自己懷著一股不良的動機：事情就在這兒，小子，你說吧，我看你怎麼說。

寫一個好玩的東西

一九九七年，我在一家單位的值班欄裡看到了一個名字，虞積藻。二〇〇二年，我碰巧又來到了這家單位，我就問：「虞積藻還好嗎？」那個人吃驚地望著我，反問我是虞積藻的什麼人。我說不是，我只是隨便問問。那個人後來說：「虞老師退休了。」

我的這篇小說和那個叫虞積藻的退休老人當然沒有一點關係，可是，我喜歡這個名字，有些過分，有點不對了。說起來我想用虞積藻這個名字寫一個作品的願望已經不是一天兩天的了。事實上，遠在一九九七年，我寫過一部作品，裡面就用過這個名字。但我還是覺得不過癮，我得專門寫一個。所以，在《彩虹》當中，我的第一句話就是「虞積藻賢慧了一輩子，忍讓了一輩子」，我必須這麼寫，不這樣寫就不足以說明問題。可是，虞積藻究竟是怎樣的呢？我不知道，只好放下來。這一放就是兩年多。

我的腦海裡還有一個記憶，是一個孩子。他一個人站在商場的櫃檯邊，可能在等待他的母親。他的母親也許就在不遠處，正悠閒地盯著架子上的時裝，一件一件地翻過去。小傢伙很孤獨，他孤獨的眼神是動人的。任何一個孩子，他孤獨的眼神都是動人的。它會使你產生一種自作多情的衝動，想蹲下來，給他做爸爸。當然，情況遠遠沒有那麼嚴重，他只是可愛罷了，有一點點好玩。

所以，我就想把這個作品寫得好玩一點。這是我的初衷。要想使一個東西好玩，最簡單的辦法是把它和心中的祕密聯繫起來。比方說，櫥窗邊的小男孩，還有那個叫虞積藻的姓名。我吃驚地發現，當它們聯繫在一起的時候，它們的關係是推波助瀾的。推波助瀾的關係一旦形成，你的心中平白無故地就產生了內驅動。（虛擬的）生活就這樣呈現出來了。

做為一個小說家，我最欣賞的想像力是超低空的，我喜愛那種超低空的飛行，它緊張、刺激，反而有它的難度。我現在感興趣的不再是太空畫面，那需要太多的專家去做數位化分析。我膩味了這樣的遊戲。眼下，我就希望我把作品放到你的面前，因為可感，因為它的呈現能力，你一口咬定，神經質地說：就是它，沒錯，肯定就是它。當然，這是我的願望，我知道，我並沒有做到。

我沒有做到並不表示別人沒有做到，那些做到的作家，以及那些做到的作品給了我這樣的啟示：你還得緊緊地盯住一些問題，這一來，你的工作就不只是好玩，也許還有意思。

我有一個白日夢

一、我有一個白日夢，在這個白日夢裡，我將有兩個兒子，還有五到七個女兒。我猜想我是一個父性很重的男人。我喜歡做父親，尤其渴望給一大堆的女兒做父親。遵照「賤養兒子嬌養女」這個祖傳的原則，我對我的女兒將無比地縱容。然後，她們一個一個出嫁了，我的女婿們卻愁眉不展。他們不停地向我抱怨，你老人家怎麼生下了這麼一大堆不講道理的東西。我能怎麼辦？我只有哄，哄完了我的女婿，再哄我的女兒。你們可要好好過日子啊。

感謝偉大的基本國策，有了一個兒子之後，我再也沒有生育的資格了。但是，基本國策再偉大，它也妨礙不了一個小說家的白日夢。這就決定了我的小說裡一直有家，一直有眾多的孩子——想想還不行麼？

想想也不行。老實說，我越來越覺得小說不好寫了。現在的「家」裡還有什麼？清湯寡水的。我不知道熱心的朋友有沒有注意過我新寫的兩個短篇，一個叫〈相愛的日子〉，一個叫〈家事〉。這兩個小說都有一個共同的特徵，它們始終徘徊在「家庭」的門外。我寫得很痛心。寫到這裡我必須強調一下了，我沒有否定基本國策的意思，一點都沒有。在中國，實行計劃生育絕對是一件必要的和正確的事。我只是想說，在執行基本國策的同時，我渴望聞到的那股子氣味沒有了，現實生活裡沒有了，小說裡也沒有了——歷史就是這麼回事，它的進程就是還帳。誰讓我趕上了呢。

在《玉米》裡頭我讓那個叫施桂芳的女人一口氣生了八個孩子。孩子生下來了，我就好辦了。當施桂芳在小說的一開頭生下第八個孩子之後，我一個人在書房裡，摩拳擦掌。

二、《玉米》裡頭有一個混帳的父親。我一點也不喜歡他。可是，我得說實話，《玉米》這本書裡始終洋溢著父性，那是我心底裡的一點點溫暖。我是自私的，我沒有能力假公濟私。假私濟私呢？我有權力試一試。小說的最高準則其實就是假私濟私。

我寫小說的時候一直有父親的心態，即使在我沒有結婚的時候也是這樣。這奇怪麼？這不奇怪。我一直相信一個人在寫作的時候是「帶戲上場」的，或兒子，或情人，或做穩了的奴隸，或沒有做穩的奴隸。這個假定的身分決定了一個作家的走向，當然，還有風格。我這樣說有沒有道理？如果有那麼一點，我還想再放肆一下，我想說，一個作家的品格在他動手之前其實就確定了。

三、假私濟私是一種愉快的行為。《玉米》我寫了四十天。在寫作《玉米》的四十天當中，我很靜。是沉靜，也可以說是沉溺。我幾乎離不開我的電腦。一離開我就走神。我的太太指責我終日恍惚，她不知道，她的丈夫一點都不恍惚。他已經私奔啦。

私奔的意思是這樣的，在想像力的引導下，他確認了現實的可疑，他對另一個世界堅定不移。

有人說，《玉米》是一部經驗小說。這是放屁。沒有誰比我更清楚《玉米》是一部怎樣的作品。

四、如果我能夠沉著一些，《玉米》將是一部愛情小說。這部愛情小說的主角是玉米，她什麼都拿得起，什麼都放得下，愛情來了，她傻了。我要寫一個被愛情折磨得死去活來的姑娘，可是，在讀者的眼裡，她的幸福卻可以上天入地。我要寫的其實就是這麼一個東西。如果有人問我為什麼要這樣，我就說，相信生活，你就不能相信小說；相信小說，你就不能相信生活。它們的精神是不一樣的，貌合，神離。誰也沒有撒謊，誠實使雙方剝離了。這很有意思。可惜，我沒有完成這個初衷。這也很好。生活不就是這樣的麼？你打算談戀愛的，最後卻成了丈夫；你打算做丈夫的，最後卻成了父親；你打算做父親的，最終卻成了孫子。我高高興興地接受了一個又一個不一般的事實。

五、《玉米》的進程讓我知道了作家是多麼不可靠。一部愛情小說就這樣喪失了它的軌道。為了彌補，我寫了〈玉秀〉，它同樣喪失了它的軌道，為了彌補，我寫了《玉秧》，後來又寫了《平原》。我到底也沒有能夠把一部愛情小說寫出來。

愛情的力量是多麼巨大，它吸引我。走近一看，我笑了，愛情的力量實在是非常的渺小。我想我的表情已經有點嚴峻了，因為我決定了，我還是打算寫一部愛情小說。

六、《玉米》我寫了四十天，四十天裡飽受折磨的人不是我，是李敬澤。我不能理解那些日子裡我為什麼那麼熱中於自我表揚，近乎可恥了。在夜深人靜的時候，我一遍又一遍地告訴敬澤：「我寫得好啊！我怎麼就寫得這麼好的呢？」

我要感謝敬澤，他從來不煩我。即使哈欠連天，他也要嚴肅認真地聽完我的絮叨，然後，很肯定地告訴我：「不錯。」他的口吻是緩慢的，疲憊的。他緩慢而又疲憊的口吻說明了他第二天的上午還要上班。我偏偏不這麼看，在我看來，凌晨一點或凌晨兩點的語氣裡有不容置疑的權威性。我原來工作得很好啊。

寫小說的人是有侵犯性的，問題是，你是否幸運，你能否遇上一個可以容忍你的人。遇不上，那你就寫吧。遇上了，你會寫得更好。我的朋友們一直在包容我，我想把這個「經驗」告訴我的同行們，得有朋友。得有！實在不行，活生生地弄出幾個敵人來也比一個人好。既沒有朋友也沒有敵人的寫作注定半死不活。它是打字。

七、和小說本身比較起來，我更在意寫作的狀態。狀態好的時候，一個小說家會不可思議地「被解放」。「被解放」是什麼意思？幾近荒謬了。我卻格外地珍惜這樣的荒謬。荒謬自有它的力度，可以抵達生命力最為核心的部分，它可以確認虛構的合法性，建立寫作的尊嚴，演示想像力的飽和度。

為了一次又一次的「狀態」，我堅持在寫。我知道「被解放」的狀態遲早會來，不是今天就是明天，不是明天就是後天。有時候我很沮喪，都一年多不來啦。就在我自認為江郎才盡的時候，它又來了。

「天無絕人之路」。說這句話的不是莎士比亞，而是一個大媽。她的嘴裡只有一顆牙齒。她每一次說話的時候我的雙眼都要盯著那顆牙，它沒有表情，它只是配合了一個又一個複雜而又多變的表情。它使和善更和善，它比歹毒更歹毒。最後，它像一個智者的食指那樣指向了前方，告訴我，天無絕人之路。

所以我不著急。我打算就這樣寫下去，一直寫到我的嘴裡只剩下最後一顆門牙。

八、《玉米》的法文翻譯是克羅德．巴彥。他在翻譯的過程中自作主張，把玉米對彭國梁的稱呼改變了。玉米和彭國梁正在戀愛，戀愛中的玉米忘情地喊了彭國梁一聲「哥哥」。巴彥先生說，這是不可以的，一個妹妹怎麼可以和她的哥哥戀愛？他們都吻成那樣了。巴彥的意思我懂，他認準了我在小說中亂倫。他說，這裡的「哥哥」必須翻譯成「親愛的」。

我對巴彥先生說，你最好改過來。這裡只有「哥哥」，沒有「親愛的」。喊「哥哥」的是玉米，不是「安娜玉米」或「玉米莎白」。巴彥先生急了，說，這樣法國人看不懂的。我說，看得懂，這就叫文化交流。

「哥哥」和「妹妹」通常是沒有血緣的，這就是漢語的血緣。

《平原》的一些題外話

我的電腦上清晰地顯示，《平原》的定稿日期是二〇〇五年的七月二十六日。很遺憾，開工的日期我忘了寫了。但我是記得的，那時候很冷。我對「冷」很敏感，因為我怕冷。我的生日是一月十九日，用我母親的話說，那是「四九心」，是冰天雪地的日子。在我離開母體之後，接生婆把我放在了冰冷的地面上，中間只隔了一張《人民日報》。按照接生婆的說法，她這樣做有兩樣好處：一是去「胎火」，二是孩子長大了之後不怕冷。經過接生婆奇特而又美妙的「淬火」，照理說我應該是一個不怕冷的人才對。事實上卻不是這樣，我怕冷。我怕冷是寫作帶來的後遺症。——在我職業生涯最初的十多年，寫作的條件還很艱苦。因為白天要上班，我只能在夜裡加班，每天晚上八點寫到凌晨兩點。在沒有任何取暖設備的年代，南京冬夜的冷是極其給力的，家裡頭都能夠結冰。我記憶最為深刻的是這樣的一件事，在冬天的深夜，每當我擱筆的時候，需要用左手去拽，因為右手的手指實在動不起來了。——經歷了十多年「寒窗」的人，哪有不怕冷的道理。

也許是寒冷給我帶來的刺激過於強烈，一到最冷的日子我的寫作狀態反而格外地好，都條件反射了。說句俏皮話，我一冷就「有才」。因為這個緣故，我的重要作品大多選擇在一月或者二月開工。這個不會錯的。如此說來，《平原》的開工日期似乎是在二〇〇二年的春節前後。

我決定寫《平原》其實不是在南京，而是在山東。

為什麼是在山東呢？我太太的祖籍在山東濰坊。二〇〇一年，孩子已經五歲了，我的太太決定回一趟山東，去看看她生父的墳。說起來真有點不可思議，這是我第一次為親人上墳——我人生裡有一個很大的缺憾，我沒有上墳的經驗。我在過去的訪談裡交代過，我的父親其實是一個孤兒。他的來歷至今是一個黑洞。這裡頭有時光的緣故，也有政治的緣故。同理，我的姓氏也是一個黑洞。我可以肯定的只有一點，我不姓「畢」，究竟姓什麼，我也不知道。一九四九年之前，我的父親姓過一段時間的「陸」，四九之後，他接受了「有關部門」的「建議」，最終選擇了「畢」，就這麼的，我也姓了畢。——我這個「姓畢的」怎麼會有祖墳呢，我這個「姓畢的」哪裡會有上墳的機會呢。

說完了這一切我終於可以說了，在上墳的路上，我是好奇的，盼望的，並沒有做好足夠的精神準備。我太太是兩歲半喪的父，在隨後的幾十年裡，她一直生活在江蘇。這個我知道的。可是，有一件事情我當時還不知道，「喪父」這件事從來就不會因為生父的離去而結終，相反，會因為生父的離去而開始。生活就是這樣，在某一個機緣出現之前，你其實「不知道」你所「知道」的事。這不是我們麻木，也不是我們愚蠢，是因為我們沒有身臨其境，是因為我們沒有設身處地。我再也不想回憶上墳的景象了，在返回的路上，我五內俱焚。我一直在恍惚。我的腦子裡既是滿的又是空的，既是死的又格外活躍。我對一個詞有了重新的認識，那就是關係，或者說，人物關係。我對「人物關係」這個日常的概念有了切膚的體會。哪怕這個關係你根本沒見過，但是，它在，被時光捆綁在時光裡。

我的處女作發表於一九九一年。在隨後的很長時間裡，就技術層面而言，我的主要興趣是語言實驗。到了《青衣》和《玉米》，我的興奮點挪到了小說人物。山東之行讓我做出了一個重要的調整，我下一步的重點必然是人物關係。

我記不得我是在哪一天決定寫《平原》的了，但是，在山東。這一點確鑿無疑。

《平原》是小說，就小說本身而言，它和我的家族沒有一點關係，它和我太太的家族也沒有一點關係。但是，隱含性的關係是有的。因為特殊的家世，我對「家族」、「血緣」、「世態」、「人情」，乃至於「哺乳」、「分娩」等話題一直抱有特殊的興趣。我曾經說過一句話，我「生下來就是一個小說家」，許多人對這句話是誤解的。以為我狂。我有什麼可「狂」的呢？我希望我的家族裡的每一個人都幸福，可實際情況又不是這樣。我的家族裡的許多人都有一個共同的特徵，許多人的人生都有無法彌補的缺憾。——我願意把這種「無法彌補」看做命運給我的特殊饋贈。生活是有恩於我的。

在《平原》發表之後，也就是二〇〇五年下半年之後，我的訪問和演講大多圍繞著「世態人情」，我的許多談話都是從這裡展開的。不少朋友替我著急，認為我不尊重文學的「想像力」。扯什麼淡呢，沒有想像力還寫什麼小說呢。我想說的是，一個負責任的寫作者不願意信口雌黃，開口閉口都是永遠正確的空頭理論。——他的言談往往會伴隨著他的實踐，寫到哪裡，他就說到哪裡。在不同的寫作階段，他的言論會有不同的側重，就這麼簡單。這也是《推拿》出版之後我反反覆覆地嘮叨「理解力」的原因。

如果你執意要問，你寫《平原》的時候究竟在想什麼？這個問題其實並不好回答。我寫作的時候腦子並不那麼清晰，這是我喜愛的和刻意保持的心智狀態。但我會懸置一些念頭。這些懸置的念頭是牧羊犬，牠領著一群羊。似乎有方向，似乎也沒有方向。每一頭羊都是自由的，「放羊」嘛。但總體上又能夠保持「羊群」的格局，否則就不再是「放羊」。我想我前面已經說了第一條了，為了表達的清晰度，我願意再把兩條牧羊犬牽出來，讓牠們叫兩聲。

一、人物關係

還是用「國貨」來做例子吧。如果我們把《三國》、《水滸》、《紅樓夢》放在一起，我們一眼就能分辨出不同的人物關係：《三國》與《水滸》裡的人物所構成的是「公共關係」，劍指家國天下與山河人民；而《紅樓夢》裡的人物所形成的則是「私人關係」，我願意把私人關係說得更形象一點，叫做「屋簷下的關係」，這裡有人生的符咒與密碼，「我見過你的」。五四之後的中國文學向來有它的「潛規則」——公共關係的「格局」和「價值」大於屋簷下的關係。公共關係是宏偉的，史詩的，大氣的，正統的，康莊的；屋簷下的關係呢，它充其量只是公共關係的一個「補充」。

可我信不過公共關係。保守一點說，在小說的世界裡，我信不過公共關係。說不上因為什麼，我就是信不過。我一直缺少一種理論能力來充分地表達我的這種信不過。我不懂古玩，在高人的指點下，我最近知道了一個概念，叫「包漿」。我想我終於找到一種合適的表達方式了。「包漿」在物體的最表層，它不是本質。可是，吊詭的是，行家們恰恰就是依靠這個表層來斷定本質的，甚至於，這個表層才是本質。是真，還是假，行家們「一眼」就「有數」了。在我看來，相對於哲學，小說的對象就是表層，揭示本質那是哲學家的事。但是，小說的意義就在於，它所描繪的表象可以反應本質，直至抵達本質。

我喜歡屋簷下的人物關係。在屋簷下，所有的人物都具有真貨的「包漿」，印證出本原的質地。而到了公共關係裡頭，無論人物的「做工」有多好，他的「包漿」始終透露出仿品的痕跡，他的光澤不那麼安寧，有「冒充」的吃力，有「冒充」的過猶不及。

當然，「包漿說」是我的一點淺見，上不了檯面的。這和我的趣味有關，這和我的個人身世有關。我尊重熱中於公共關係的作品，事實上，我同樣是「公共關係類」小說的熱心讀者。我只是對審美的「潛規則」不滿意——公共關係和屋簷下的關係是等值的；處理公共關係和處理屋簷下關係的美學意義是等值的。不等值的只是寫作者的能力和格局。

《平原》裡的事情大部分在屋簷的下面，我要面對的是親人與親人。批評家張莉女士曾告訴我，多年之後，《平原》的讀者根本不需要通過時代背景的交代就可以直接進入小說（大意）。這不是一句讚美的話，而是她閱讀後的感受。這句話讓我極度欣慰。

二、文化形態

說《平原》是很難避開《玉米》的。它們有先後和銜接的關係，它們擁有相同的價值取向，它們還有近似的美學追求，它們的語言類屬一個系統。《平原》和《玉米》的敘述語氣幾乎一模一樣，和《推拿》不同，與《青衣》迥異。

問題來了，既然《平原》和《玉米》那麼相似，你還寫個什麼勁呢？你沿著《玉米》的調調，把《玉穗》、《玉苗》、《玉葉》一路寫完了不就完了？

不是這樣的。《平原》和《玉米》其實有質的區別。這個區別在文化形態。

《玉米》梳理的是中國鄉村「文革」的轉折關頭（林彪事件所發生的一九七一年）。這轉折是「文革」內部的轉折，中國不是變好了，而是更壞。「文革」正在細化，在滲入日常，在滲入婚喪嫁娶和柴米油鹽。

可一九七六年的中國鄉村是不一樣的。這正是《平原》所渴望呈現的。在一九七六年的中國鄉村，紅色恐怖早已經鬆動了，壓倒性的政治力量其實很疲軟了。伴隨著三次不同尋常的葬禮，一些常規的、古老的鄉村情感和鄉村人際業已呈現，古老而又愚昧的鄉村文明有了死灰復燃的跡象。用我父親的話說，人們的精神狀態「越來越像解放前」了。那是亂世的景象。然而，這亂世太獨特了。它不是兵荒馬亂的那種亂。它很靜，是死氣沉沉的亂，了無生息。人們不再關注外部，即使替換了領袖，「上面」還想熱鬧，可人們的熱情實在已經耗乾了。沒有人還真的相信什麼。人們想起了「過日子」，不是生活，是混。沒有眼淚，沒有悲傷。活一天是一天。

我不知道人類歷史上還有沒有類似的歷史時刻，整整一個民族成了巨大的植物人。他失去了動作能力，內心在活動，凌亂，生動，是遙遠的故往，像史前。奇怪的是，「家」的概念卻在復活，人似乎又可以自私了。——我不想放過它。

關於《平原》和《玉米》的區別，我還想補充一點，《玉米》在風格上是寫實的，它的美學特徵是現實的，然而，它一點都不「寫實」。我的生活並沒有為我提供「寫實依據」，它是想像的。《平原》則不同，《平原》的落腳點在一九七六年。一九七六年，我已經是一個十二歲的少年。因為我的父親是中學教師，我很早就和中學生、知青們一起廝混。我實際上要比同年代的孩子早熟一些。從這個意義上說，《平原》裡主人公端方、三丫、興隆、佩全的生活和我同步——《平原》是離我最近的一本書，它就是從我的現實人生裡生長出來的，是我的胳膊，在最頂端，分出了五個岔。

端方是《平原》的主人公，結構性的人物。也就是所謂的「男一號」。說起來真是不可思議，我對所謂的「男一號」和「女一號」沒什麼興趣。為了小說的結構，我們必須有「男一號」和「女一號」，但是，真正令我著迷的，反而是圍繞在「一號」周邊的那些配角。以我對小說的膚淺的認識，我覺得，小說的廣度往往是由「一號」帶來的，小說的深度則取決於「二號」、「三號」和「四號」。而不是相反。

我甚至認為，「一號」其實是不用去「寫」的，把周邊的次要人物寫好了，「一號」也就自然而然地出來了。

在這裡我想談談幾個次要人物。

我想說的第一個人物是「老魚叉」。「老魚叉」是《平原》當中最為重要的一個人物，也是我寫得最為成功的一個人物（抱歉，賣瓜了）。一九四九年之前，「老魚叉」是一個革命者。許多時候，我們容易把革命者和理想主義者混同起來，而事實上，許多革命者是最沒有理想、最沒有定見、最動搖的那部分人。他們是被風吹走的人。他們革命，不是因為知道自己要做什麼，而是因為他們不知道自己要做什麼。《阿Q正傳》描寫過革命者的革命，有一句話魯迅說得特別地深刻：「於是一同去。」革命者有一個共同的名字，叫「於是」，他們所從事的事業就是「一同去」。

在中國的鄉村，做為農民革命的勝利者，「革命者」和「勝利者」都為數甚眾。但許多人忽略了一件事，那就是「中國農民的愚昧和善良」。這是一對古怪的文化組合，也是一對古怪的心理組合。中國農民的行動力大多是由這個夢幻般的組合提供能量的。這是值得許多作家和學者面對的一個大問題。可以說，愚昧和善良是中國農民的兩面，它是動態的，哪一面會呈現出來，帶有極大的隨機性和偶然性。通常，它們相伴而行。我不是一個中國農民問題的專家，但是我可以負責任地說，中國農民是全人類最缺少愛的龐大集體，從來沒有一個組織和機構真正愛過中國的農民。

無論如何，描寫「革命者」和「勝利者」是《平原》的分內事。在此我承認，「老魚叉」這個人物是有原型的，這個原型就是我同班同學的父親。他住在「前地主」寬大的大瓦房裡，那是他的戰利品，他還成功地繼承了「前地主」的一位小老婆。他的不幸在於，從我認識他的那一天起，他就不停地自殺。因為他總是夢見「前地主」來找他。一九七四年，他成功了。他把自己吊死在了大瓦房的屋梁上。

理性一點說，在中國的鄉村，「老魚叉」沒有普遍意義。他的內心和他的行為更沒有普遍性。但是，這件事對我的刺激是巨大的——我見過「老魚叉」的屍體。這具屍體並不恐怖，但是，圍繞著這具屍體所散發出來的言論卻陰森恐怖，「前地主」的鬼魂似乎一天也沒有離散過。它在飄蕩。它是「變色貓」，白天是白貓，夜晚是黑貓。我願意把「老魚叉」的死看做「勝利者」的良心未泯，它是後來的後怕、後補的後悔，然而，上升不到反思與救贖的高度。因為「變色貓」遊蕩的身影，我寫「老魚叉」的時候特別地膽怯，一到這個部分我就惶惶不可終日。眼睛尖的讀者也許能夠讀得出來。

我想說的第二個人物是「混世魔王」。一個知青。我寫這個人物是糾結的。從個人情感上來說，我對知青有好感。我的家一直是知青俱樂部，我的許多小學老師就是知青，他們在我的人生道路上起過舉足輕重的作用。但是，當我面對「混世魔王」的時候，我的心情卻有些複雜。

如何面對知青？我決定把這個話題說得簡潔一點。問題的關鍵是角度。我出生在鄉村，是村子裡的人。換句話說，無論我個人和知青的關係如何，在看待知青這個問題上，我不可能選擇「知青作家」的角度，相反，我的角度是村子裡的，是農民的。這也許是我和知青作家最大的差異。我不擁有真理，但我擁有角度。我想我不能也不該偏離我的角度。即使有一天，未來證明了我的角度有問題，我也願意把《平原》放在這裡，成為未來這個話題的一個小小的補充。

我最不想說和我不得不說的這個人是老顧。他是一個被遣送到鄉村的「右派」。我寫這個人不只是糾結，我簡直就是和自己過意不去——我的父親就是一個被遣送到鄉村的「右派」。

長期以來，無論是早起的「傷痕文學」，還是後來的「右派文學」，包括再後來的「反思文學」，在中國的當代小說當中，「右派」這個形象其實已經有了他的基本模式，概括起來說——他是被侮辱的，也是被損害的，他在政治上代表了最終「正確」的那一方，他是早覺者，他是悲情的文化英雄。

因為家庭的緣故，我從小就認識許許多多的「右派」。當然了，他們和我的父親一樣，都是「小右派」。在我的文學青年時代，我讀過大量的「右派作家」和有關「右派」的小說，我的總體感覺是，我的前輩們偏於控訴了，或者說，偏於抒情了。這是可以理解的。但是，時間過去了這麼久，不能說這不是一種遺憾。現如今，「右派」作家年事已高，大部分都歇筆了。如果他們還在寫，他們會做些什麼呢？

「右派」是集權的對抗者。「右派形象」也是文學作品當中集權的對抗者。他們是可敬的。我的問題是，當歷史提供了反思機遇的時候，這裡頭該不該有豁免者？有沒有人可以永久地屹立在絕對正確的那一方？我的回答是不。《平原》的反思包涵了「右派」，這並不容易。一方面有我能力上的局限，另一方面也有我感情上的局限。在寫老顧這個人物的時候，我是沉痛的。我至今都沒有讓我的父親讀《平原》，我們從來沒有聊過這個話題。我是回避了——面對老顧，我從骨子裡感受到一個小說家的艱難。許多時候，你明確地知道「該」往哪裡寫，但是，你下不去筆。這樣的反覆和猶豫會讓你傷神不已。

《平原》的第一稿是三十三萬字，最後出版的時候是二十五萬。我在第三稿刪掉了八萬字。這八萬字有一部分是關於鄉村的風土人情的——在修改的時候，我不願意《平原》呈現出「鄉土小說」的風貌，它過於「優美」，有小資的惡俗，我果斷地把它們刪除了；另外的一個部分就是關於老顧。我要承認，我「跳出來」說了太多。這個部分我刪掉的大概也有四萬字。

為了預防自己反悔，把刪除的部分再貼上去，我沒有保留刪除掉的那八萬字。在我的寫作生涯中，這是讓我最為後悔的一件事。我的直覺是，有關老顧的那四萬字，我這輩子可能再也寫不出來了，那個語境不存在了。借助於老顧，我對馬克思《巴黎手稿》有很長很長的「讀後感」，我只記得我寫得很亢奮，但是，《巴黎手稿》我基本上已經忘光了。沒有受過良好哲學訓練的人就這樣，他永遠都不可能成為一個好的哲學讀者，讀也讀了，忘就忘了。

我感興趣的其實還是「異化」這個問題。這是一個老話題了。上世紀八〇年代讀大學的朋友一定還記得，那個時代有過一次「異化問題」的社會大討論。「異化」這個概念最早是由費爾巴哈提出來的，他討論的是人與上帝的關係，上帝最終使人變成了「非人」。黑格爾接手了這個話題，他借助於「辯證法」——這個雷霆萬鈞的邏輯方法，進一步探討了人類的「異化」。馬克思，做為一個革命的鼓動家，在號召「全世界無產者」革命之前，他分析了「商品」，揭示了「剝削」；他同時也探索了「異化」，他的「辯證法」是這樣的：「大機器生產」與「工人階級」是「對立的統一」，這個「對立統一」的結果是人的「異化」——人變成了機器。

——我其實並沒有能力討論這樣宏大的哲學問題。讓我對「異化」問題產生興趣的是我大學三年級的一次閱讀。一個小冊子，白色封面，紅色書名。作者是「高層」的一位「秀才」。他的論述是這樣的：中國是農業社會，還沒有進入馬克思所談及的「大機器生產」，所以，中國社會不存在「異化」問題。

讀完這個小冊子我非常生氣，一個年輕的、讀中文的大學生，他沒有很好的哲學素養，他尚未深入地社會瞭解，他沒有縝密的邏輯能力，可他不是白癡。你不能這樣愚弄我。——這是什麼邏輯？——這哪裡還是討論問題？這是權力借助於「理論」這粒偉哥在暴奸。

我寫老顧，說到底，不是寫「右派」，寫的是「理論」或「信仰」面前中國知識分子的「異化」。

也許我還要簡單地談一談第四個人物，三丫。我打算把這一段話獻給今天的年輕人。三丫的悲劇來自於血統論。血統論，多麼陌生的一個詞啊。我想說的是，血統論是這個世界上最邪惡的事情，最起碼，是最邪惡的事情之一。

說到這裡我特別想說一點題外話。很長時間以來，我的腦袋上一直有一頂不錯的帽子，「寫女性最好的中國作家」。這個評價是善意的，積極的。但是，在現實層面，它有意無意地遮蓋了一些東西。我不會為此糾結，可我依然要說，我的文學世界委實要比幾個女性形象開闊得多。

《平原》大致上寫了三年半。在現在為止，《平原》是我整個寫作生涯中運氣最好的一部，它從來沒有被打斷過。我在平原上「一口氣」奔跑了三年半，這簡直就是一個不可思議的奇蹟。在今天，當我追憶起《平原》的寫作時，我幾乎想不起具體的寫作細節來了，就是「一口氣」的事情。當然，它也帶來了一些副作用。在我交稿之後，我有很長時間適應不了離開《平原》的日子。有一天的上午，我端著茶杯來到了書房，坐下來，點菸，然後，把電腦打開了。啪啪啪，不停地點滑鼠。我做那一切完全是下意識的，都自然了。文稿跳出來之後我愣了一下。這個感覺讓我傷感，它再也不需要我了。我四顧茫茫。我只是疊加在椅子上的另一張椅子。我也「異化」了。我記得那個時間段裡頭正好有一位上海的記者採訪我，她讓我談談「寫完後的感受」，我是這樣告訴她的：「我和《平原》一直手拉著手。我們來到了海邊，她上船了，我卻留在了岸上。」

老實說，我從來不覺得自己在文學上擁有超出常人的才能。我最大的才華就是耐心。我的心是靜的。當我的心靜到一定的程度，一些事情必然就發生了。

事情發生了之後，我的心依然是靜的。那裡頭有我的驕傲。

《推拿》的一點題外話

我出生於六十年代的蘇北鄉村，在六十年代的中國鄉村，存在著大量的殘疾人。

我注意過知青作家的作品，在他們的作品中，人物的名字很有特點，經常出現二拐子、三瞎子、四呆子、五啞巴、六癱子這樣的人物。這不是知青作家的刻意編造，在我的生活中，我就認識許多的三瞎子和五啞巴。

我對殘疾人一直害怕，祖上的教導是這樣的：「瘸狠、瞎壞、啞巴毒。」祖上的教導往往凝聚著民間的智慧。「瘸」為什麼狠？他行動不便，被人欺負了他追不上——這一來「瘸」就有了積怨，一旦被他抓住，他會往死裡打；「瞎壞」的「壞」指的是心眼壞，「瞎」為什麼壞？他眼睛看不見，被人欺負了也不知道是誰——這一來他對所有的「他者」就有了敵意，他是仇視「他者」的，動不動就在暗地裡給人吃苦頭；啞巴為什麼「毒」呢？他行動是方便的，可他一樣被人欺負，他從四周圍猙獰的、變形的笑容裡知道了自己的處境，他是卑瑣的，經常被人「擠對」，經常被人拿來「開涮」，他知道，卻不明白——這一來他的報復心就格外地重。我並沒有專門研究過殘疾人的心理，不過我可以肯定，那個時候的殘疾人大多有嚴重的心理疾病，他們的心是高度扭曲和高度畸形的。

他們的心是被他人扭曲的，同時也是被自己扭曲的。

在六十年代的中國鄉村，人道主義的最高體現就是人沒有被餓死，人沒被凍死——如果還有所謂的人道主義的話。沒有人知道尊嚴是什麼，尊重是什麼。沒有尊嚴和尊重不要緊，要緊的是要有娛樂。娛樂什麼呢？娛樂殘疾人。最直接的方式就是取笑和模仿——還是說出來吧，我至今還能模仿不同種類的殘疾人，這已經成了我成長的胎記。

我們都知道著名的小品演員趙本山，他早期的代表作之一就是模仿盲人。他足以亂真的表演給九百六十萬平方公里的大地送來了歡樂。我可以肯定，趙本山的那齣小品不是他的「創作」，是他成長道路上一個黑色的環節。

我要說的是，在六十年代的中國鄉村，每個鄉村不僅有自己的殘疾人，還有自己的趙本山。不可思議的是，這些「趙本山」不是健全人，而是殘疾人。我的父親、母親，我的兩個姊姊，包括我本人，至今還記得一位這樣的盲人，他叫「老大朱」。為了取悅村子裡的父老鄉親，他練就了一身過人的本領，比方說，他的耳朵會動，比方說，他會學狗叫、貓叫、驢叫，他還能模仿瘸子走路。只要有人對他吆喝：「瞎子，來一個。」他就會來一個。請允許我這樣說，他的生活是「牛馬不如」的。在夏天，他幾乎每一天都能吃上肉——所謂肉，是醬碗裡白花花的蛆。我曾親眼看見老大朱把那些白花花的蛆蟲送進自己的口腔，一邊吃，一邊對我們這些圍觀的孩子們說：「好吃！你們吃不吃？」

老大朱沒有門牙，他的兩顆門牙一定是被一棵樹或一堵牆奪走了。但是老大朱喜歡咧著嘴，他在任何一個地方都要露出疑似的、沒有門牙的笑容。當他佇立在巷口或豬圈旁邊的時候，鄉村快樂的時光就來了，人們會把手指、樹枝、雞毛，甚至尖辣椒塞到他的牙縫裡去，老大朱強顏歡笑，所有的人都可以透過他門牙上的豁口看見他憤怒的、無可奈何的舌尖——我們的笑聲歡天喜地。

我閱讀過一些分析我們「民族性」的書籍和文章，在那些書籍和文章裡，雖然觀點不盡相同，但是，有一點是一樣的，他們說，中華民族之所以能夠「屹立」在東方，和我們這個民族「苦中作樂」的精神是分不開的。當然，相應的小說我也讀過。什麼是「苦中作樂」的精神呢？我想我知道。它的本質是作踐，作踐自己，並作踐他人。

寫到這裡我必須要說《阿Q正傳》。我想知道的是，魯迅先生在寫《阿Q正傳》之前他想了些什麼？做為一個鄉下長大的孩子，他看見了什麼？他的體會是什麼？在他長大之後，他對他的「童年記憶」做了怎樣的回溯與規整？這些我都想知道。阿Q無疑是中國民間「苦中作樂」的傑出代表，他的面容是模糊的，魯迅先生用Q這個英文字母只給了他一個背影——這是一個中年的男人，因為缺鈣，他的腦袋碩大無朋，因為營養不良，他的小辮子相當地枯瘦，一小撮黃毛而已。我相信魯迅先生先確認了阿Q這個名字之後一定經歷了一番振奮，他摩拳擦掌了。他看到了一個民族的背影，也可能是一個民族「時代」的背影。

我並不認為阿Q和他的「未莊」人是麻木的，阿Q們不是麻木，「演員」是明白的，看客也是明白的，這明白就是將所有的「臉面」一把撕碎，然後，「難言之隱，一笑了之」。阿Q們僅有的一點偏執是將娛樂進行到底。

瓦尼亞將身坐在沙發
酒瓶酒杯手中拿
他還沒有倒滿半杯酒
就叫人去請卡金卡

這是俄羅斯的民歌，柴可夫斯基把它的旋律借用過來了，寫成了《如歌的行板》。我想說，優美的、憂傷的《如歌的行板》裡有一種精神，這精神才是苦中作樂。阿Q們的則不是。道理很簡單，苦中作樂裡頭有人的尊嚴，它包含了自尊、幫助、友善和有所顧忌；而阿Q們的邏輯則是這樣：我就不是人！我就不要臉！

即使要，那也是虛榮，與尊嚴無涉。

但魯迅終究是懷有希望的，他認準了阿Q們依然喜愛一點體面，為此，他不惜「用了曲筆」，他在阿Q的墳頭上「放了一個花環」。這個花環就是阿Q的畫押，他要把那個「圓」

畫圓了，並放在自己的墳頭。這是一個人最後的、莫須有的體面，也叫尊嚴。

我如此在意尊嚴是在這些年和殘疾人朋友的相處之後。我不是先知，但是，因為長期的相處，他們的「行為」使我意識到了一個問題，尊嚴的問題不再是一個可有可無的問題，在中國，它幾乎是一個社會問題，是的，一個社會問題。

我不能說我們這個民族仇視尊嚴，我只想說，在我們這個時代，尊嚴是嚴重缺失了。我不知道人的「終極問題」是什麼，但是，如果「人」從「尊嚴」的旁邊繞過去，那一定是一條不歸路——在今天的中國，如果還有一群人、一類人在講究尊嚴的話，那一群、那一類是殘疾人。大多數人，當然也包括我自己在內，我們精神上唯一的向度是「利潤」。在利潤面前，我們無所顧忌，我們無所不用其極。我們還會將這樣的無所顧忌，這樣的無所不用其極上升到「智慧」的高度。

這是一個物質的時代，或者說，商品的時代，不少人因為對現狀的失望，把他們（包括勒克來齊奧在內）的批判鋒芒瞄準了物質，或者說，商品。這是荒謬的瞄準。物質沒有錯，商品更是無辜，我們唯一要問的，是我們自己丟棄了什麼。這丟失不是發生在今天，它早就丟失了。它生龍活虎的、不知羞恥的「體現」則是在物質時代。可憐的物質時代，你遭受了多大的委屈！

我一直渴望自己能夠寫出一些宏大的東西，這宏大不是時間上的跨度，也不是空間上的遼闊，甚至不是複雜而又錯綜的人際。這宏大僅僅是一個人內心的一個祕密，一個人精神上的一個要求，比方說，自尊，比方說，尊嚴。我認為它雄偉而又壯麗，它是巍峨的。我把任何一種精神上的提升都看得無比地宏大，史詩般的，令人盪氣迴腸。很不幸，我承認我的看法會遭到反對。人們在意的「宏大」依然是一個古老的話題：把故事拉長到五十年至一百年；把故事放在三百六十萬平方公里至八百六十萬平方公里上——唯其如此，方能體現藝術，尤其是長篇小說的「規模」與「構架」。老實說，我深不以為然。為什麼？那其實很容易，真的很容易。

我突然就想起來給我的兒子買鞋，他在七歲的那一年我帶他去買鞋。七歲的孩子是崇敬爸爸的，他覺得爸爸大，爸爸的什麼都大，大很了不起，所以，七歲的兒子也要大。他在鞋櫃面前鬧，他不要合腳的鞋，他要「像爸爸一樣」穿「大鞋」。我告訴他，不行，你穿那樣的鞋是要摔倒的，他不聽，他寧可摔倒他也要大鞋。結果是這樣的：他的兩隻小腳站在了兩隻大鞋裡，像腳踩兩隻船。他的臉上綻開了幸福的笑容。我愛死了那個場景。

問題是，孩子幹的事成人是不能幹的，同樣的事，七歲的孩子幹了，他無比地可愛，成人去幹呢？那是什麼？我不知道，不體面那是一定的。

恰當的年紀

作品和作家的組合關係也很有趣，如果是一九九五年——我寫《哺乳期的女人》的那一年——三十一歲的作者該如何去寫《推拿》呢？我想可能是這樣的：他一定會把《推拿》寫成一部象徵主義的作品，作品中的人物是次要的，人物的感情也是次要的，他要逞才，他要使性子，他要展示他語言的魅力，他要思辨。亨廷頓說了，這是一個「理性不及」的世界，借助於盲人這個題材，三十一歲的年輕人也許會鼓起對著全人類發言的勇氣，試圖圖解亨廷頓的那句話。年輕人很可能會做出這樣的決定：張三象徵著局部，李四象徵著局限，王五象徵著人與人，趙六象徵著人與自然——所有的人都在摸象，然後，真理在握。在小說的結尾，太陽落下去了，它在什麼時候才能再一次升起呢？沒有人知道。盲人朋友最終達成了這樣一個偉大的共識，這個世界從來就沒有太陽，它只是史前的一個蛋黃。

寫作其實不是文學，而是化學。這麼多年的寫作經驗告訴我：同樣的人、同樣的事，在不同的年齡階段，它們在小說家的內部所構成的化學反應是完全不一樣的。什麼是好的語言？布封說：「恰當的詞放在恰當的地方。」什麼是好的機遇呢？我會說：「恰當的小說出現在恰當的年紀。」在恰當的年紀，作品與作者之間一定會產生最為動人的化學反應。

我寫《推拿》的那一年是四十三歲，一個標準的中年男人。因為長期的家庭生活，中年男人有了一個小小的改變，過去，中年男人無比在意一個「小說家的感受」，為了保護他的「感受力」，他的心幾乎是封閉的、絕緣的。但是，生活慢慢地改變了他，他開始留意家人，他開始關注「別人的感受」。對一個家庭成員來說，這只是一個小小的變化，但是，相對於一個小說家而言，他邁出了革命性的一步。

就在我寫完《推拿》不久，我在答記者問的時候說了一句話：「對一個小說家來說，理解力比想像力還要重要。」這句話當即遭到了學者的反對。我感謝這位學者的厚愛，其實他完全用不著擔心，想像力很重要，這個常識我還是有的。我之所以把理解力放到那樣的一個高度，原因只有一個，我四十三歲了。我已經體會到了和小說中的人物心貼心所帶來的幸福，有時候，想像力沒有做到的事情，理解力反而幫著我們做到了。

想像力的背後是才華，理解力的背後是情懷。一個四十七歲的老男人可以很負責任地說：人到中年之後，情懷比才華重要得多。

情懷不是一句空話，它涵蓋了你對人的態度，你對生活和世界的態度，更涵蓋了你的價值觀。人們常說：中國的小說家是「短命」的，年輕時風光無限，到了一定的年紀，泄了。這個事實很能說明一個問題，我們不缺才華，但我們缺少情懷。

小說家的使命是什麼？寫出好作品。這句話只說對了一半。小說家也有提升自身生命品質的義務。在我看來，生命的品質取決於一件事，做為一個人所擁有的情懷。我渴望自己有品質，雖不能至，心嚮往之。

我至今也不認為《推拿》是一部多麼了不起的作品，但是，對我來說，它意義重大。我清晰地感受到，通過這本書的寫作，我和生活的關係扣得更緊湊一些了，我對「人」的認識更寬闊一些了。這是我很真實的感受。基於此，我想說，即使《推拿》是一部失敗的作品，在我個人，也是一次小小的進步。

我找到了我的新方向，我又可以走下去了。

情感是寫作最大的誘因

與小說有關的一些東西中，我特別感興趣的是小說的生成，或說小說創作的第一動因。人在寫作時，身體裡會有一些柔軟的部分，這些柔軟的部分一旦被觸動，就會有一些調皮的東西迸發出來，這些迸發出來的東西很可能就是一部作品。從我個人來講，作品的產生大多來自自己身體裡迸發出來的東西，它們是經驗、情感和願望。

經驗是小說創作的根底。沒有經驗，根本就寫不了。經驗對小說家的價值，我覺得怎麼評價都不過分。它在你迷失的時候悄悄地支撐起你的行為，那就是創作。《哺乳期的女人》的寫作來自於一個細碎的小經驗：與哺乳期的女同事短暫的擁抱，一股強烈的氣味刺激了我。這一經驗深深植根在我的心中。不久，我生病住院，躺在病床上怎麼也趕不走那個擁抱、那種氣味。我當時沒想寫作，可我想說的是，經驗在這時表現出了無比可貴的價值。它在我的潛意識中已經爬進了小說創作的進度，換句話說，我自己還沒意識到我要寫小說的時候，經驗已經告訴我你可以開始創作了。後來又結合「空鎮」所見和閱讀經歷，當所有這些聯繫起來以後，幾乎都沒讓我動腦筋，像命運安排一樣，我寫成了《哺乳期的女人》。

再就是情感動因。我把那種看似無用的、沒有對象和沒有來源的情感，放在內心，反覆琢磨、考慮，讓這種情感盡可能地和外部發生關係，然後形成一部作品。《青衣》就是一個非常虛擬的情感催動的作品。二十世紀末的時候，我很焦慮，總有一雙女人的手在我的腦子裡晃動，我必須去尋找這個情感的來源，使自己安寧下來。而當我看到一則女演員身患重病，不顧生命危險登臺演出的消息時，我覺得我焦慮的心被安撫了。我假設女演員的這種行為與手有關，或者說跟一個女人內心無法破解的欲望有關，而且這個欲望已經強烈到一個程度，支撐她，使她認為它比自己的性命更重要。從我個人的寫作角度來講，最多的一種小說創作的誘因是情感，它為我提供能量，提供源源不斷地向下寫、往下尋找的動力。我大概寫了一百多部作品，其中六十多部最早由情感誘發，導致我進入寫作。

最後是願望。最初寫《玉米》的時候，就有一個強烈的願望，想寫一個特別的愛情故事，盡可能地讓兩個人處在愛得死去活來同時又緬懷的狀態。這種緬懷不是由距離帶來的，兩個人就生活在一起。但我把這個愛情故事摁住，永遠不讓它挑破，永遠不讓他倆有身體的關係，讓他們處在思念、愛和緬懷之中。我特別想寫這樣一種愛情，因為我癡迷一樣東西：害羞。害羞的底子不是害羞，是珍惜。一個人渴望得到一件東西，可是她不敢輕舉妄動，她知道萬一輕舉妄動就會失去，所以她在情感表達上會呈現害羞的狀態。我覺得害羞的狀態和珍惜的狀態，是我們現當代文學中缺乏的東西，尤其是我們人生當中缺少的東西，也是今天我們的愛情中所缺少的東西。後來這個愛情小說由於其他原因寫成了時代小說，但卻是我想瞭解愛情、呈現害羞、表達珍惜的願望誘發的。
這些都是從我身體裡迸發出來的，與大家分享。

我和我的小說

我的父親是一位退休的教師，我的母親也是一位退休的教師。我的大姊做過教師，我的二姊也做過教師。我的太太至今還是一位教師。我的生活其實是被教師包圍著的。我呢，一九八七年，我師範學院畢業了，自然而然地也成了一名教師。孟子說「人之大患在好為人師」，可我卻喜歡我的「大患」，我想我是喜歡為人師的。

在做教師的同時我有我的業餘愛好，那就是寫小說。我做教師的那會兒每個星期只有八節課，時間很富裕，尤其是晚上。我把這些很富裕的時間都用在了寫小說上。我在年輕的時候失眠很厲害，一到晚上精力就無限充沛，像一隻時刻預備著引吭高歌的小公雞。我想說的是，寫小說幫助我省去了許多安眠藥，寫完了，我就踏實了，然後呢，當然是「洗洗睡」。

我的處女作就是在我做教師的時候發表的，那是一九九一年。這已經是我做教師的第五個年頭了。我一直在艱苦地寫作，比一個奧運的週期還要長。為了表示對我的支持，教務處的朋友一再妥協，把我的課安排在上午三、四節，後來又安排在下午。我感謝他們。

我的教師生涯延續了五年。這五年是快樂的。為了紀念這快樂的五年，我決定誇自己一次：我是敬業的。我並沒有為了所謂的小說而耽擱我的學生，我盡到了一個教師的責任。同時我還要說，我感謝我的職業，我學會了用簡單的語言去說複雜的事情。

一九九二年，我來到了《南京日報》。我總共在《南京日報》待了六年，這六年不容易。《南京日報》離我的家很遠，騎自行車需要八十分鐘。來到《南京日報》不到一個月我就後悔了，但是，沒有回頭路。做媒體的那六年是我的情緒非常低落的六年，因為情緒低落，我格外地想寫，幾乎有些病態了。回過頭來看，我在那個時候接近瘋狂的寫作完全是為了逃避，我幾乎就生活在一篇又一篇的小說裡，像一個「趕場子」的藝人。我很難把自己融入《南京日報》那個偉大的集體。這個不怪別人，要怪只能怪我自己，我寫不了新聞。我能把假的東西寫得像真的，但我也能把真的東西寫得像假的。我最痛恨的三個字就是「本報訊」。寫下「本報訊」這三個字我就會處在弱智的狀態，全世界都缺氧。在本質上，我是個虛構的人，我喜歡虛構，我喜歡虛構給我帶來的滿足。天馬行空。南朝四百八十寺，多少樓臺煙雨中。

一九九八年我開始了我的第三份職業，做起了《雨花》文學雜誌的編輯。這一年我三十四歲。截至三十四歲為止，我已經寫下了一些可以拿得出手的作品了，有些作品我在今天也未必寫得出來，比方說，《敘事》、《雨天的棉花糖》、《哺乳期的女人》、《上海往事》、《楚水》等。在這個階段我還得了不少文學獎，包括第一次獲得「魯迅文學獎」——這份成績單是說得過去的。但是，我這樣說不是為了肯定我自己，相反，是反思我自己。如果我對自己嚴格一點，我想說，我的文學生涯到了這個時候真的開始了。

這個開始是從哪一天算起呢？也沒有一個具體的日子。我只是知道，我認識「他」了。我在「我」身上糾結的時間太長了。在這裡我必須要說：這個「我」是珍貴的，在漫長的中國當代文學裡頭，「我」一直是缺失的，我們只有「我們」，沒有「我」。在現代主義小說進入中國之後，「我」成了中國當代文學的關鍵字，在此之前，「我」是一個令人羞恥的東西，渾身沾滿了不潔、自私的氣味。

我是在尋找「我」並擴張「我」的文學思潮中開始我的小說創作的，我為它奉獻了我全部的青春。我的努力、焦慮和虛榮全在「我」裡頭。有趣的是，在探求「我」和這個世界的關係的過程中，最終發現的恰恰不是「我」，而是「他」。

這個發現讓我開闊了許多，我的焦慮感消失了。這是一種神奇的感受。我想我放鬆了。寫作於我不再是一個自私的行為。更加不可思議的是，我在學會放鬆的過程中領略了節制。對待「他」，你必須節制。這節制意味著你不可以由著你自己，你必須讓「他」在你的作品中獲得更多的機會。這機會來自於「我」的想像力、理解力和彈性。我相信我的內心經歷了一場革命。

「他」是誰？我想這並不重要。我需要全力保證的是，在我的世界裡，「他」是自由的，我沒有任何理由阻擋、偏離「他」的行為與思想，「他」的能量與生長激素是最為尊貴的。

這樣一說，寫小說其實就是這樣的一件事，你引導著你自己成了一個人道主義者。這是文學的最高要求，也是文學的基本底線。

中篇小說的「合法性」

在中國的當代文學裡，「中篇小說」的合法性毋庸置疑。依照長、中、短這樣一個長度順序，中篇小說就是介於長篇小說和短篇小說之間的一個小說體類。依照「不成文的規定」，十萬字以上的小說叫長篇小說，三萬字以內的小說叫短篇小說，在這樣一個「不成文」的邏輯體系內，三萬字至十萬字的小說當然是中篇小說。

然而，一旦跳出中國的當代文學，「中篇小說」的身分卻是可疑的。中國現代文學史的常識告訴我們，儘管《阿Q正傳》差不多可以看做中篇小說的發軔和範本，可是，《阿Q正傳》在《晨報．副刊》連載的時候，中國的現代文學尚未出現「中篇小說」這個概念。

如果我們願意，跳出漢語的世界，「中篇小說」的身分就越發可疑了。在西語裡，我們很難找到與「中篇小說」相對應的概念，英語裡的Long Story勉強算一個，可是，顧名思義Long Story的著眼點依然是短篇，所謂的中篇小說，只不過比短篇小說長一些，是加長版的或加強版的短篇。

那一次在柏林，我專門請教過一位德國的文學教師，他說：說起小說，拉丁語裡的Novus這個單詞無法回避，它的意思是「新鮮」的，「從未出現過」的事件、人物和事態發展，基於此，Novus當然具備了「敘事」的性質。義大利語中的Novelala、德語裡的Novelle和英語單詞Novel都是從Novus那裡挪移過來的——如果我們粗暴一點，我們完全可以把那些單詞統統翻譯成「講故事」。

德國教師的這番話讓我恍然大悟：傳統是重要的，在西方的文學傳統面前，「中篇小說」這個概念的確可以省略。姚明兩米二六，是個男人；我一米七四，也是男人，絕不是「中篇男人」。

現在的問題是，中國的小說家需要對西方的文學傳統負責任麼？不需要。這個回答既可以理直氣壯，也可以心平氣和。

我第一次接觸「中篇小說」這個概念是在遙遠的「傷痕文學」時期。「傷痕文學」，我們也可以叫做「叫屈文學」或「訴苦文學」，它是激憤的。它急於表達。因為有「傷痕」，有故事，這樣的表達就一定比「吶喊」需要更多的時間和更大的篇幅。但是，它又容不得十年磨一劍。十年磨一劍，那實在太憋屈了。還有什麼比「中篇小說」更適合「叫屈」與「訴苦」呢？沒有了。

我們的「中篇小說」正是在「傷痕文學」中發育並茁壯起來的，是「傷痕文學」完善了「中篇小說」的實踐美學和批判美學，在今天，無論我們如何評判「傷痕文學」，它對「中篇小說」這個小說體類的貢獻都不容抹殺。直白地說，「傷痕文學」讓「中篇小說」成熟了，這就是為什麼我們可以從尋根文學、先鋒文學、新寫實文學到晚生代文學那裡讀到中篇佳作的邏輯依據。中國的當代文學能達到現有的水準，中篇小說功不可沒。事實永遠勝於雄辯，新時期得到認可的中國作家們，除了極少數，差不多每個人都有拿得出手的好中篇。這樣的文學場景放在其他國家真的不多見——中國的文學月刊太多，大型的雙月刊也多，它們需要。沒有一個國家的中篇小說比中國新時期的中篇小說更繁榮、成氣候，這句話我敢說。嗨，誰不敢說呢。

說中篇小說構成了中國當代小說的一個特色，這句話也不為過。當然，我絕不會說西方的中篇小說不行，這樣大膽的話我可不敢說。雖然沒有明確的「中篇」概念，他們的「長短篇」或「短長篇」卻是佳作迭出的。我至今記得一九八三年的秋天《老人與海》讓我領略了別樣的「小說」，它的節奏與語氣和長篇不一樣，和短篇也不一樣——鋪張，卻見好就收。

所以說，「合法性」無非就是這樣一個東西：它始於「非法」，因為行為人有足夠的創造性和尊嚴感，歷史和傳統只能讓步，自然而然地，它「合法」了。

輯三

像我這樣的一個作家

作家身分、普世價值與喇叭褲

我對作家的身分一直比較木然，對中國作家的身分也一樣。一個寫作的人，沒事的時候誰會去琢磨這個呢。但是，一個偶然的機會，我和許多國家的作家走在了一起，我的英語很爛，外國作家的話我一點也聽不懂，但我還是聽出頭緒來了，有一個詞大家重複得特別地多。我回過頭來查了一下電子字典，那個詞是「身分」。在後來的聚會中，慢慢地我又聽出頭緒來了，說「身分」這個詞的作家有一個共同的特徵，他們大多來自亞、非、拉，也就是第三世界作家。過了幾天，借助於朋友的幫助，我和一位來自非洲的女作家聊了起來，她是用法語寫作的，但是，在生活中，她幾乎不用法語，她和她的家人一直都在用她的本土語言。說起她的本土語言，這位非洲女作家的肢體動作就非常誇張，載歌載舞的，說她的本土語言是多麼美。

一個人對本土語言的喜愛是不難理解的，這其中牽扯到她的開口說話，她的成長，她的發育，她內心的千頭萬緒，她骨子裡的祕密。然而，這位非洲作家的本土語言早就遭到了侵犯，覆蓋面其實很有限了，到了寫作的時候，她只能放棄她的本土語言，用起了法語，否則她的書就沒幾個人去看。法語其實已經是她的生存技能了，為了寫下去，活下去，她不得不這麼做——到最後，在寫作的過程中，她把她自己寫成了「他者」。她的寫作只是做了這樣的一件事：我不是我，我是你。在非洲和拉美，許許多多的作家都是這樣，因為殖民地的緣故，他們寫作時的「第一語言」不是他們的母語，我猜想他們都有些特別的感觸，所以，他們格外在意「身分」，這是一種痛，這件事的代價是巨大的。

中國也曾經是殖民地，不過，幸運的是，在殖民的過程中，我們的漢語一直保留下來了，這個不難理解，這個我們是占了人多、地大的便宜。殖民者要想改變中國人的語言，他出不起這個教育成本，漢語被語言殖民的成本實在是太高了，所以，中國作家和其他第三世界的作家比較起來，是幸運的，我們至今都可以用漢語寫作，我們一直保留了漢語作家的身分。

但是，我們能不能說，一個書寫者只要用他的母語寫作就一定不會成為「他者」呢？我看也不一定。外部的力量可以使一個寫作者成為「他者」，內部的力量也一樣可以。我們可以看到這樣一個基本事實，中國的作家一直處在價值分離的窘境之中，這個分離就是普世價值與核心價值的分離。這是中國作家需要付出的代價。相當長的時間之內，我們一直處在核心價值裡頭，遠的不說，五十年代之後，我們的寫作其實是在某種核心處境之下的寫作，這是具有中國特色的。後來的情況有了改變，有人說，我們的處境已經完全改變了，進入經濟中心時代之後，我們已經是在經濟價值為核心價值的處境下寫作了。對此我是懷疑的。不管怎麼說，普世價值與具有中國特色的核心價值是分離的，這是一個基本事實。

為了把這件事說好，我要講一個故事，故事發生在我的少年時代。那時候中國的大地上剛剛時興喇叭褲。有一天，在一條船上，一個穿著喇叭褲的年輕人上船了，另一個沒穿喇叭褲的小夥子就和穿著喇叭褲的小夥子對視。我在這裡要補充一下，在我的家鄉，民風相當彪悍，兩個男人的目光對峙，往往會有意想不到的後果。那一天的情況正是這樣，那個沒穿喇叭褲的小夥子站起來了，抽了穿喇叭褲的小夥子一個大嘴巴。穿喇叭褲的小夥子問：「你為什麼要打我？」沒穿喇叭褲的小夥子說：「我看不慣你的褲子。」就因為這個，穿喇叭褲的小夥子和沒穿喇叭褲的小夥子打起來了。打完了，船艙裡七嘴八舌，人們開始討論這件事。有意思的事情就發生在這裡，我發現人們討論的是那個穿喇叭褲的小夥子該不該穿喇叭褲，而沒有涉及那個沒穿喇叭褲的小夥子該不該打人。話說到這裡就簡單了，人不可以打人，這是一個普世價值，我們恰恰把它忽視了。忽視普世價值，過分熱中於特殊的核心價值，也許這就是我們的一個基本形態。普世價值是什麼？我認為並不複雜，其實就是每一個人的心中所固有的，是全人類的本能，而不是時代的本能，或民族的本能。認同普世價值，而不只是特殊價值，這就需要中國作家擁有自由的、獨立的身分。否則，寫來寫去，你依然是「他者」。從這個意義上說，中國的文學真正融入這個世界，我們還有很長的路要走。

手機的語言

細心的朋友一定注意到了，我在《推拿》裡頭寫到了手機。我本人是不用手機的，因為不用手機，我被問了許許多多的「為什麼」。其實很簡單，我幾乎就是一個宅男，家裡頭的那臺座機足夠我和這個世界保持聯絡了——我為什麼要把座機的電線掐斷，再把它捆在褲腰帶上呢？這一交代事情就有些無趣，我沒有和現代性對著幹的意思，我的行為不涉及堅守、捍衛等彪悍的、形而上的內容。

同時我還要說，我對手機沒有仇恨。因為沒有仇恨，我就會用一種寧靜的，甚至是審美的心情去審視它——這一審視我還真的有了新發現了：手機業已為我們創造出了一種新語言。比方說，在年輕人的短信當中，「再見」，也就是「拜拜」，被樂呵呵寫成了「88」，而英語好的孩子們則更不含糊，他們的「再見」也就是「See you」也有了嶄新的書寫方式，很簡單，酷勁十足，就兩個字母：「CU」。

馬上就有人要反駁我了，這是什麼新語言嘛！我要說，是的，是新語言。例子是現成的，我在做足療的時候讀到過，準確地說，是聽到過大量的手機語言。一個男人的手機響了，是一個女的發來了短信：

——幹嘛呢？

——躺著呢，捏腳呢。真想和你躺在一起，敢不敢啊？

——我有什麼不敢的？只怕是我一去你就軟了吧？呵呵。

——你來了我當然要軟。

我想這樣的語言我們已經熟悉了。這樣的腔調已經擁有了時代性和全民性。它曖昧，有點像打趣，有點像調情，它的特徵是攻守兼備，它的魅力在於進退自如。它是聊天的上限，它也是故事或事件的下限，大大方方地親暱，加上一點小小的髒。在當今的中國，再木訥、再愚鈍的男女都已經擁有了兩種不同的語言，一種是日常的、正式的口語；一種是風光無限的、人欲橫流的（我在《推拿》裡頭把它叫做「嘩啦啦」）手機書面語。如果一個人用日常的、正式的口語去寫短信的話（辦事除外），只能說明一個問題：他低智、無趣、落伍、冬烘，一句話，他太「二」。

手機就這樣悄然無痕地改變了我們的人際。我要說的是，手機已經給我們帶來了一種新文明。多年之前，劉震雲寫過《手機》——張國立先生瞪著驚恐的眼睛把手機叫成了「手雷」。我欽佩劉震雲的天才與敏銳。但是，我是有遺憾的。手機不是手雷。手機是生化武器。手機是轉基因。手機不動聲色地改變了我們的文化，我們放棄了真摯，我們選擇了半真與半假，我們的語言是油腔的、滑調的——戀愛、傾訴、表達感情都有新語言，更不用說「搞男人」或「搞女人」了。其實「搞男人」和「搞女人」裡頭反而有真摰和美。我們的語言換了人間。手機讓我們變得粗鄙。通過手機語言，我們在「粗鄙地享受」（陀思妥耶夫斯基語），我們的內心很難滋生並回味「很講究的情緒」（哈代語）。我把這種新的語言、新的文明叫做「手淫」——通過「手機」去「意淫」。

手機有錯麼？沒有。這個是一定的。手機在幫助我們，它一點錯都沒有。我必須要說的是，對於我們這個民族來說，一切都是特殊的，手機出現在了我們的特殊時期，也就是「轉型期」，我們的政治秩序在變，我們的經濟秩序在變，關鍵是，我們的心在變。心變了，往更加貪婪和更加不知羞恥裡變。這一來語言就跟著變。更加貪婪和更加不知羞恥在語言上必然是這樣的：既赤裸，又曖昧。赤裸是目的，曖昧則是武器，這武器是多麼斑斕，軍人們把這樣的斑斕叫做迷你——迷你，迷他，也迷我。

《推拿》到底寫了什麼？我到現在都還沒有想好。我真的說不好。但是，有一個重點是清晰的，我想寫一點尊嚴。看過來看過去，我只能在盲人的身上寄託它了。我不知道我們這些「健全人」還有多少尊嚴，我不知道，包括我自己在內。我也在「粗鄙地享受」，我多麼渴望我的內心能多一些「很講究的情緒」。

記憶是不可靠的

我的寫作和記憶的關係是什麼呢？那就是：我不相信記憶這個東西。「不相信」就是我的寫作與我的記憶之間的關係。我一直以為，記憶是動態的，充滿了不確定性。這種動態或不確定使記憶本身帶上了戲劇性，也就是說，帶有濃重的文學色彩。

我在初中一年級的時候，和班裡的一位同學打了一次架。關於男人的打架，我們在酒席上時常聽說。我不知道大家注意過沒有，許多人在敘述自己打架的時候都要在前面做一點補充，補充什麼呢？——先說明被打的那個傢伙不是東西，該打。我也是這麼幹的，我一次又一次地告訴大家，我的這個行為是正當的。其實，在打架之後，我的父親讓我臉面失盡，可我從來不說我被父親修理這個事情。——這就涉及我要說的第一個問題，面對記憶，我們時常會做道德上的修正。這種修正是不自覺的，道德上的需要一下子就使我們的記憶變形了。記憶是利己的，它不可能具備春秋筆法，它做不到不虛美、不掩惡。記憶最大限度地體現了人類的利己原則，這是人性的特徵之一。

記憶不只是自利，在道德上做不自覺的修正，它還有第二個特徵，那就是美學化傾向。我還是說我初中階段的那次打架吧，這件事我說過許多次，我發現，每一次敘述我都要添加一點東西，說到最後，我快把自己說成金庸小說裡的武功高手了。這是一個逐步演變的過程，我的故事被我越說越精采，戲劇性越來越強，我為什麼要這樣做？我不知道，你不能輕易地批評我撒謊，在主觀上，我沒有撒謊的企圖。我只想說，記憶一旦遇到當事人的敘述，它就會脫離事態的真相，離虛構越來越近。虛構又何嘗不是人性的特徵之一呢？

所以，記憶的特徵和文學的特徵有相似性，記憶一旦偏離了它的正常軌道，離不開人性的外部處境，有時候，讓記憶偏離軌道，也許正是我們內心的一點需要，這需要其實挺可憐的，它有沒有抵抗的意思呢？它是不是也構成了當事人與現實的關係？我不知道。

我還要說一件事。我的少年時代是在二十世紀六十年代的蘇北鄉村度過的，家裡非常窮。草房裡只有兩張床，一張是我的兩個姊姊合用的，一張是我的父母和我合用的。許多夜晚，我的父母都要坐在床上，悄悄地談他們過去的生活。我就躺在他們身邊，聽他們說。他們談的是生活，沒錯，可是，關於生活，我的眼裡有一個完整的概念，那就是六十年代的蘇北鄉村——生活怎麼還會有另外的一副樣子呢？就在我父母的嘴裡，它一樣很現實。一方面是我父母的敘述，另一方面是我的真實體驗。問題來了，關於生活，我的記憶呈現出了分裂的局面。我想說，我父母所描述的那個「生活」我從來沒有參與過，可是在我的記憶中，「我家」的生活就是我的父母所敘述的那個樣子，而不是六十年代的蘇北鄉村。這就是我關於「家」的記憶，這裡的分裂是驚人的。有一句話我不知道正不正確，對於寫小說的人來說，記憶的分裂是一件好事情，真實記憶與虛擬記憶之間能夠產生張力，彼此形成一種互動，最終產生出化學反應。內心的生動性和飽滿程度也許就是由記憶的分裂性帶來的。

余華說：「一個記憶回來了。」要理解一個記憶的「回來」，就必須回顧我們的歷史。二十世紀八十年代，我們的文學經歷過一個特別的時期，我們把那個時期的文學叫做「先鋒文學」。先鋒文學有兩個最顯著的特徵，就是歷史虛構和現實虛構。這兩個虛構又有一個共同的背景，那就是西方：既有西方的觀念，也有西方的方法。無論是歷史虛構還是現實虛構，和我們的本土關係都不大。換句話說，先鋒小說是「失憶」的小說。

但是，文學的發展脈絡說明了一件事，慢慢地，中國的作家似乎渴望脫離西方了，中國作家的眼睛睜開了，渴望看一看「我們自己」所走過的路。這是本土意識的回歸，在這個前提下，余華說：「一個記憶回來了。」這個「回來」是針對「失憶」的，它改變了當代文學的走向，我們的文學有效地偏離了西方，越來越多地涉及我們的本土，我們的記憶裡終於有了我們的瞳孔、腳後跟、腳尖。擁有瞳孔、腳後跟和腳尖的記憶和完全徹底的虛構有本質的區別。這也不是一兩個作家的事，本土化和現實感，許多作家都在進行這樣的努力。

關於記憶的不可靠，我還想再進一步談談。

我們都還年輕，還要繼續寫，換句話說，我們「現在進行的記憶」必將對未來的寫作產生重大的影響，今天生產出什麼樣的記憶，決定了明天的走向。

大家都看電視新聞，每天都要看許許多多的「真實」消息，事實上，那些真實的事件無一不是被鏡頭處理過的，還配有播音員的講解。面對實物，我們時常會忽略一件事，那就是攝像機的機位時時刻刻在做「推、拉、搖、移」，不能小看這個「推、拉、搖、移」，它使同一個實體和同一個事件千姿百態起來了。我們的記憶比鏡頭複雜多了，它當然也有它的「推、拉、搖、移」，這說明了一個事實，記錄或記憶只能有一個命運，那就是千姿百態。

為了獲取最有效的記憶，我們就不能依賴「推、拉、搖、移」，要有更多的分析、比較，我們就不能過分信任自己的情感，更何況我們自身還有那麼多的局限、偏見與狹隘。當然，這樣一來我們的記憶離「記憶本身」反而更遠了，這也是可能的。可是，從理論上說，我特別渴望自己的記憶能和外部的世界建立起一種一比一的關係。這有點過於理想了，但我還是想說，一比一的關係有助於我們更加專注、深入地切入人生，我一直一廂情願地認為，如果我們的胸懷更闊大一些，內心更柔軟一些，我們記憶的變形將會小一些。

地域文化的價值傾向

一九八二年，也可能是一九八三年，我第一次讀到了惠特曼，他的《草葉集》裡有這樣的一句詩：「如果身體不是靈魂，那麼靈魂又是什麼？」

好吧，那我就從身體開始談起。

從我懂事的那一天起，我就是伴隨著「大概念」一起成長起來的，那些大概念包括「革命」、「人民」、「祖國」、「階級」、「潮流」、「世界」，大概念盛行起來了，小概念的處境必然會艱難。我的羞恥感就是在小概念處境艱難的時候建立起來的。我的羞恥感大部分和人的身體有關，尤其是女性的身體。在相當長的時間裡，「乳房」、「臀部」，甚至「脖子」、「大腿」和「腰」都是不潔的，為了做一個好孩子，為了避免成為一個「小流氓」，我和我的小夥伴們在小學、初中和高中階段沒有和同班的女同學說過一句話。我們這樣做是有依據的，正如大家所知道的那樣，我們的樣板戲裡所有的英雄都沒有配偶，女英雄沒有丈夫，男英雄沒有妻子。

「文革」裡的一切都是極端的，但是，你不能說這樣的極端就沒有傳統。六百多年前，在我的老家興化誕生了一部偉大的小說，這部小說叫《水滸傳》。它描繪了一百零八個男人反抗壓迫、爭取自由的故事。一百零八個男人，每個人都有不同的遭遇，每個人都有不同的性格。但是有一點是一樣的，這一百零八個男人都仇視並抵制女性的身體。這說明了什麼呢？這說明了我們在一千年前就有了英雄的定義和要求：所謂英雄，除了充沛的體能，你不能親近女人，你必須在女性面前表現出不屈不撓的克制力。

在今天，許多學者都已經取得了共識——我們的地域文化骨子裡是一種「恥感文化」，這是和「快感文化」相對應的一個概念。恥感文化首先落實在我們對身體的感知和認識上，我們的身體是羞於見人的，我們的身體是難以啟齒的。

但是，如果你考察一下當今的中國，你會高興地發現，在我們的城市，到處都是健身房，到處都是美容中心和減肥中心，我們的年輕人正以一種自我欣賞的心態去選擇自己的服裝，他們沉迷於身體的線條與肌膚，他們的身體成了他們極為重要的審美對象。哲學上有一個很重要的概念，叫「自我觀照」，用審美的心去看待自己，勢必和用反省的心去看待自己一樣重要。

我沒有做過專門的調查，但是，如果我們企圖選擇這個時代的一些關鍵字，大概念依然是有的，這是不可或缺的，比如說，國家利益、GDP、宏觀調控、環境保護、反恐，但是我要說，越來越多的小概念在我們的生活中散發出它們的魅力，這些小概念有一部分正是來自於我們的身體，頭髮、指甲、刺青、三圍和SPA。

現在的問題是，為什麼我的演講要從身體開始，再涉及一些大概念和小概念，我真正想說的還是文化問題。地域文化有它的穩固性，同時，也有它的可變性。這種可變性往往來自於不同文化的交流、滲透和彼此的化學反應。

三年前，我有幸讀到過一本書，書的作者是喬治．維力雪羅，書的名字叫《洗浴的歷史》。這是一本關於洗浴的書，一部關於身體的書，一部關於地域文化的書，一本關於文明的書。我吃驚地發現，就在兩百年前，法國人有一種頑固的認識，他們認為水是一種有害的東西，它能將病菌帶入身體的內部。驕傲的法國人選擇了不洗澡。在不得不洗的情況下，法國人必須先穿好襯衣、長褲和襪子，然後，再跑到浴缸裡去。這是一種充滿了喜劇色彩的文化形態，在這種文化形態裡，法國人的鼻子最終沒有能夠忍受自己身體的氣味，香水就這樣誕生了。現如今，當我們在法國做客的時候，我們不僅可以洗上熱水澡，我們還能在餐廳、咖啡館、電影院享受到多種不同的香水所混合而成的氣味，我要說，這氣味是美好的，充滿了生活的正面消息。

我相信法國人由穿著襯衣洗澡到光著身體洗澡一定會經歷一個不愉快的過程。第一，法國人必須在科學這個層面上突破對水的認識；第二，在與其他文化的交流之後，法國人如何重新選擇洗浴的方式。改變自己總是困難的，在文化上做出妥協和退讓總是困難的。然而，這個世界從來就不存在不妥協、不退讓的文化交流。文化交流的魅力就在於彼此滲透、相互影響、最終能夠保持獨立。

關於地域文化，偉大的魯迅先生說過一句話：「越是民族的就越是世界的。」這句話所有的中國人都知道。我承認，這句話有它的道理。但是，人類文化交流的歷史告訴我，事實並不是這樣。法國人穿著襯衣洗澡，全世界的人卻是光著身體洗澡的，中國女人曾熱中於小腳，然而，小腳最終被天足替代了。我想說的是，越是民族的就越是世界的，這句話只看到了地域文化和世界文化的空間關係，它忽略了地域文化背後最為要緊的一個元素，那就是文化的價值。任何一種地域文化，只有有益於人類，有益於人類的發展與交流，這種文化才有生命力，才能成為人類文化的一個有機成分；相反，如果這種文化違背了基本科學常識，違背了人類文明的共同訴求、傷害了生命，無論這種文化具有多麼華美的外表，多麼具有煽動性和蠱惑力，它最終都會消失。我想說，任何一種文化都不該享有尊嚴，任何一種文化都不具備神聖不可侵犯的權利，只有文化內部價值才能使文化獲得尊嚴。

魯迅先生還說過一句話，他說：「文學是叫人生的，不是叫人死的。」我非常喜愛這句話。我想把魯迅先生的話改裝一下，我想說：「文化是叫人生的，不是叫人死的。」

我還想回到身體這個話題上來。關於身體，我想我們所有人都承認，它絕對不只是一個簡單的生物組合，不只是蛋白質和維生素。身體的內部蘊含著人類文化的全部內容，它是政治，它是經濟，它是教育，它是科技，它甚至還是軍事——人類的軍事行為都是以保存自己的身體、消滅對方的身體為前提的。我想強調的是，一切有益於身體的文化都是有價值的，無論它來自哪裡。

中國人越來越珍惜自己、珍惜身體、珍惜生命，這樣的共識已經成為我們民族文化的一個部分了。換句話說，文化交流改變了中國和中國人，文化交流讓我們變得更好，更自信，更屬於這個世界。我相信，從文化交流中獲得好處的不只是中國人，而是這個世界上的每一個人。文化交流會讓所有的身體更健康、更愉快、更美。

文學的拐杖

這是一部「文革」期間的作品，《半夜雞叫》，是《高玉寶》的一個片段，我們可以把它當做一個短篇來讀。它寫於二十世紀五十年代，風行於「文革」期間。現在的年輕人也許不知道這個作品了，但是，在當時，它是家喻戶曉的。《半夜雞叫》這個故事非常簡單，是一個紅色的主題，寫一個叫周扒皮的地主壓迫長工。照理說，長工應該是在天亮之後，也就是雞叫之後才起床去幹活的，可是，周扒皮很狡猾，他每天天不亮就去學雞叫，引得村子裡的公雞都叫喚起來，長工們只得起床，下地幹活。後來，農民終於知道這個陰謀了，他們把周扒皮抓住了，暴打了一頓。

這是一個非常有趣的故事。然而，在我很小的時候，我對這個作品心裡就有一個疑問，我覺得這個故事不夠革命，故事裡所描寫的地主還不夠壞：周扒皮為什麼要去學雞叫呢？多此一舉嘛，他完全可以手拿著長棍或皮鞭，天不亮就把長工們的房門踹開，然後，對著農民的屁股每人就是一鞭，大聲說：「起床！幹活去！」

我覺得周扒皮是可以這麼幹的，他偏偏就沒有。這是一個非常有意思的話題。按道理，這部作品流行於一個特殊的年代，作者完全可以把地主往無惡不作的路子上寫，甚至，可以往妖魔化的路子上寫，可周扒皮為什麼要去學雞叫呢？

這個問題從作品自身也許是找不到答案的。但我們可以換一個辦法來考察一下，假使，我們現在面對的不是小說，而是現實生活。我就是那個地主，你們就是那些長工，事情會是怎樣的呢？

我要剝削你們，逼你們幹活，這個是一定的。但是，有一點我們又不能忽略，無論地主還是長工，中國的農民就是中國的農民，臉面上的事終究是一個大問題，他們很難跳出這樣的一種人際認知的框架，那就是抬頭不見低頭見。一方面，我要強迫你們勞動；另外一方面，我又要盡可能地避免面對面。這裡頭就有了日常的規則，生活的規則，我們也可以把它叫做生活的邏輯，或者乾脆，我們也可以叫它文化的形態。這個文化形態是標準的東方式的，中國的，那就是打人不打臉，說得高級一點，就是鄉村的禮儀。中國的農民是講究這個東西的。現在，好玩的事情終於出現了，周扒皮和公雞產生了關係，公雞又和長工產生了關係。這一來事情就好辦多了——不是我在逼迫你們，而是公雞在逼迫你們。在這裡，公雞不再是公雞了，牠有了附加的意義，牠變成了一個喪盡天良地主所表現出來的顧忌。

我們不去討論《半夜雞叫》這個作品的好壞，我只想說周扒皮的顧忌，這個顧忌是有價值的。我不知道《半夜雞叫》在當時是怎麼流行起來的，從當時的文化背景來看，它實在是太反動了，是蒙混過關的。地主階級剝削農民還要有所顧忌麼？我只能說，作者在這個地方一不小心流露出了一樣東西，這個東西就叫「世態人情」。就因為這麼一點可憐的世態人情，周扒皮這個老混蛋有特點了。我記得當年我們每年都要演《半夜雞叫》，幾乎所有的孩子都搶著去演周扒皮，現在回過頭來看，和南霸天與胡漢三這些反面人物比較起來，周扒皮更像一個壞人，進一步說，他有點像一個人了，他的「雞叫」使他和那個時候的反派人物區別開來了，那個時候的反派人物不是人哪，是妖魔鬼怪，為什麼是妖魔鬼怪呢？這個問題我們後面還要談。總之，周扒皮的壞超出了我們的想像，然而，說到底，又在可以想像的範疇裡面。孩子們痛恨他，卻喜愛這個藝術形象，他的身上存在著農民的身分認同和文化認同，愛占便宜，卻又膽小，怕過分，當然還有狡詐。

是雞叫構成了《半夜雞叫》的「戲劇性」，是雞叫折射出了周扒皮人性裡的複雜面。「文革」中是沒有所謂的文學的，我只能說，就在那樣的文化語境裡，《半夜雞叫》多多少少沾了文學的一點邊，因為它在不經意間多少反映了一些世態人情，雖然它是極不自覺的。

對小說而言，世態人情是極為重要的，即使它不是最重要的，它起碼也是最基礎的。是一個基本的東西，這是小說的底子，小說的呼吸。其實，這個東西誰不知道呢？大家都知道。但是，每當我們討論文學的時候，不知道為什麼，我們似乎總是容易忽略它。就目前而論，讀者、批評家、媒體對中國文學的現狀大多是不滿的，話題很多，小說的文化資源問題、小說的可持續發展問題、作家的思想能力問題、作家的信仰問題、作家的人文精神問題、作家的想像力問題、本土與世界文化的關係問題、作家的鄉村寫作與城市挑戰、作家與底層、圖書與市場、作家的立場、情感的傾向、作家與體制的關係、作家的粗鄙化和犬儒主義趣味，還有小說家懂不懂外語的問題，很多。這些問題重要不重要？當然重要。可以說每一個問題都很重要，每一個問題都可以讓一代作家辛苦一個世紀。可是，我始終覺得，世俗人情這個問題多少被冷落了，我這麼說有依據麼？有。我的依據就是現在的作品，是我的寫作和我的閱讀。

中國的小說進入二十世紀八十年代以來，小說的進展基本上體現在觀念上。觀念很重要，尤其是一些大的觀念，觀念的問題不解決，我們的小說就不可能是今天這樣的局面。現在，我們的小說已經進入了一個「泛尺度」的年代，人們普遍在抱怨，小說再也沒有標準了，什麼樣的小說是好的呢，什麼樣的小說是不好的呢，我們再也說不出什麼來了。可這是好事。由一個強制的、統一的觀念，強制的、統一的標準時代進入到現在的「泛尺度」時代，可以說，是二十世紀八十年代以來觀念的爭論、觀念的辨析所產生的直接後果。「泛尺度」或「失度」，它的根子不在今天，而在二十年前。文學沒有崩壞，我們只是享受了當年的成果。我們應當為此高興。至於看小說的人少了，文學沒有以前熱了，那個原因不在小說的內部，我們可以另作他論。

但是，二十多年過去了，在一些觀念的問題上，我們當然還要爭，還要辯。這是沒有止境的。但是，我想說的是，觀念的辨析，尤其是一些重要的觀念的辨析也誤導了我們作家，以為文學，尤其是小說，就是觀念。只要站在觀念的最前沿，作家就擁有了小說最先進的生產力。就如同我擁有了原子彈，你的手榴彈就再也不是對手了。文學不是這樣的。

今天的小說最大的問題在哪裡呢？我這麼說當然首先是自我批評的，我認為，還是作品不紮實。「虛」，還有「漂」。多年以前北京有個說法，叫「京漂」，我看我們的小說，包括我自己的小說，很多都是「小漂」。寫不動了，小說推進不動了，就所謂地「想像一下子」。我在答記者問的時候曾經就這個問題對「想像一下子」做過批評，後來遭到了反批評。說我不尊重想像力。我沒有多大的能耐，可這個問題我能不懂麼？我想說，想像力不是這麼玩的。想像力絕不是小說推進不下去的時候「想像一下子」。那不叫有想像力，那叫回避。回避什麼？回避小說的基本的東西，那些世俗人情。回避的結果是，小說中事不像事，人不像人。勒·克來齊奧寫過一篇小說，叫《戰爭》。小說從頭到尾沒有一個事件，沒有一個人物。諾曼第大學有一個文學教授是專門研究他的。他到南京來講學，我說：「你真的喜愛勒·克來齊奧麼？」他的回答可愛極了，他說：「我不喜歡，但是，他給了我一份工作，我可以永遠地談論他。」

世態人情是要緊的，無論我們所堅持的小說美學是模仿的、再現的、表現的，無論我們的小說是掙扎的、反叛的、鬥爭的，世態人情都是小說的出發點，你必須從這裡起步，你必須為我們提供一個小說的物理世界。北島說：「卑鄙是卑鄙者的通行證，高尚是高尚者的墓誌銘。」這是詩，即使只有這兩行，北島就可以有資格成為北島。但是，同樣是這兩行，絕對不足以使北島成為小說家。當然，人家也犯不著去做什麼小說家。我用這個例子只想說明這個道理，如果北島是小說家，我就有權利問他：高尚者姓什麼？男的還是女的？為什麼不願意和人握手？額頭上的那塊疤是怎麼回事？為什麼不跟父親姓？結婚了嗎？有沒有孩子？孩子過生日的那天晚上為什麼要自殺？為什麼要從城牆上栽下來？是自己跳下來的還是卑鄙者推下去的？為什麼對卑鄙者說「我愛你」？墓在哪裡？為什麼是在法國？墓誌銘的法語翻譯成漢語是什麼意思？誰寫的？為什麼沒有署名？這些問題北島就必須回答我，起碼，他的作品要回答我。北島沒有理由用「我不相信」就把我打發了。

舒婷不是小說家，在我們聊天的時候，她對小說的創作有一個十分有趣的說法，她說：「小說家是要『填空』的。」做為一個詩人，她說著了。有人說，由於文化形態上的差異，中國的小說，尤其是長篇小說，在大的結構上有先天的不足。我的看法正好相反，我覺得我們的爛尾樓特別多，頂天立地的，走過去一看，就一個空架子，有幾個人影子在裡面晃動，總覺得不像。還說這是「變形」。這樣的話在八十年代是可以嚇唬人的，在今天，嚇唬誰呢？還是正視一下吧，在不算短的時光裡，我們為文學提供了多少「人物」？我們的作品為什麼是這個樣子，是「填空」的工作沒有做到位。我們要填。

寫不好事，寫不好人，最根本的原因是我們自己「不通」。一個作家不在生活的世俗場景上花工夫，把最基本的世態人情棄置在一邊，然後，又貪大，這是相當危險的。不客氣地說，很多作品一過了二分之一或三分之二就倒掉了。作家不是農民工，作品倒掉了，沒有人來要求我們負法律上的責任，也沒有人來扣我們的工錢。

托爾斯泰好不好，好。這個毋庸置疑。可是，撇開那些宏大的東西不談，我們可以想一想，如果缺少了對「可憐的俄羅斯」的世態人情的有效把握，並通過世態人情的方式表達出來，即使老托爾斯泰天天磕頭，把腦門子在地面上砸碎了也沒用。我這樣說一點也沒有褻瀆托翁的意思，相反，我崇敬他。

我為什麼要說托爾斯泰呢？我只是想說，如果我們在「世態人情」這個地方做得好一些，即使我們不能成為小說的巨匠、偉人，我們起碼把小說寫得更像樣子吧？這個也許是我們可以做到的。

結合一下實際的情況，我們來談談具體的作品吧。魯迅有一部非常著名的作品——《藥》，是被公認的魯迅的代表作，這個作品可以說人人皆知。我們來看看魯迅是如何去做的——

作品通過兩個家庭——華家和夏家，「華」、「夏」代表我們這個民族了，華家出了一個病人，夏家則出了一個革命者。華家的病需要人血饅頭，而夏瑜的血則通過劊子手最終變成了人血饅頭。華家的人吃了，吃了也沒用，於是，華家和夏家的人一起走進了墳墓。

魯迅還有一個作品，《故鄉》，我們對這個作品的熟悉程度差不多和《藥》是一樣的，在《故鄉》裡，「我」回到了老家，也就是故鄉，遇見一個兒時的玩伴閏土。在這裡我們要強調一下，閏土和「我」是兒時的玩伴，一起長大，是兩小無猜的關係。可是，當「我」回到家，再見的時候，面對閏土的時候，那個遙遠而又溫暖的記憶仍還停留在「我」的腦海裡並翻騰的時候，閏土出現了，對著「我」恭恭敬敬地喊了一聲「老爺」。每當我閱讀到這個地方，面對「老爺」這兩個字，我的心就咯噔一下。世態滄桑啊，物是人非啊。那麼親密的髮小，僅僅是因為過去的時光，世道，怎麼就這樣了呢？太讓人傷心了。彼此就在眼前，卻再也不屬於對方了，和死了也差不多。

我們可以做進一步的分析，事實上，無論是對《故鄉》還是對《藥》，我們的前人都已經分析得很好了。尤其是《藥》。無數的評論告訴我們，魯迅在《藥》裡頭要評估革命的失敗，他要評估知識分子與民眾的關係。為此，他不停地加以暗示，用盡了象徵的手段。連「秋瑾」和「夏瑜」的名字都是對仗的。魯迅在「聽將令」，所以他要做分析，他要做總結，他要告訴人們，改造國民的現狀到底是怎樣的，他要告訴人們，知識分子與民眾之間的關係到底是怎樣的。魯迅給了我們一個結論——知識分子與民眾是隔閡的。在這樣的隔閡面前，中國的啟蒙將是必須的，同時也是困難的。中國現狀是兩座墳。

魯迅花了那麼大的力氣寫出了《藥》，一望而知的，處處埋了伏筆，寫得很賣力，很硬，可是我認為，《藥》裡所表達的意思，《故鄉》裡都有。如果我們一定要說，魯迅渴望表達知識分子與民眾的隔閡，《故鄉》又何嘗不是這樣的呢？其實我想說的還是這樣的一句話，《藥》裡頭所沒有的意思，《故鄉》裡也一樣有。那一聲「老爺」真是太複雜了，多麼震撼，多麼有力量，又是多麼無奈，最重要的是，多麼日常，許多人都可以遇上的，沒有寫出來，或者說，沒有能力如此這般地寫出來罷了。魯迅的偉大，不只在《藥》，還有《故鄉》。革命是大事，比這個大事更大的，是世態。這裡我就想起了小說的大和小的問題，有時候，小的小說也許比大的小說還要大。這裡就牽扯到一個作家對生活的理解、對存在的理解了。

我曾經做過設想，如果我是魯迅，我來寫《藥》，我會怎麼寫？兩條線是必須的，為了「遵命」，我也許會把「夏家」做為主線，也就是所謂的明線，而讓「華家」做副線，也就是「暗線」。為什麼？這樣更有力度，更能體現這個作品的目的，我為什麼不把革命者直接拉出來呢？拿革命者做暗線，肯定和我的初衷相違背。這個道理魯迅一定是懂得的。困難就在於，這一條線如果去「明寫」，魯迅寫不動，他缺少夏瑜的日常面，他只能用小說的「技術」去處理。

魯迅的小說才能是了不起的，尤其在短篇上面。可是，《藥》寫得費勁啊，我看到的是一個作家的鬱悶和努力，這當然是可尊敬的，然而，請允許我實話實說，我覺得《藥》「隔」。再看看《故鄉》，是多麼自然，一下子抵達了我的心坎。「老爺」，聽得我難受死了。做為一個讀者，我被感染了，有了共鳴，我覺得我的情感也很真實。不是嗎，親兄弟一樣的人，不認我了。離開了真實的世態人情，《故鄉》哪裡能有如此生動的局面？

世態人情不是一個多麼高深的東西，這個貌似不那麼高級的東西，特別容易被我們這些小說家輕易地丟掉。有些東西就是這樣，有的時候不覺得，一旦丟掉，它的麻煩就來了。我特別強調一些基礎的東西，如果我們要使小說寫得更加有生命力，我覺得世態人情是一個不可或缺的拐杖。這根拐杖未必是鋁合金的，未必是什麼高科技的產品，它就是一根樹枝。有時候，就是這個不起眼的樹枝，決定了我們的行走。在這裡我甚至可以放一句狂話，任何時候，小說只要離開了世態人情，必死無疑。

有一句話或許我們聽得特別多，那就是「作家要去深入生活」。這句話看上去對，其實也不對；這句話看上去不對，其實也很對。為什麼這麼說呢？因為有一個問題我們沒有首先弄清楚，我們所深入的生活是「怎樣的生活」，還有，「如何去」深入。不把這兩個問題弄明白，正面去說、反面去說都是扯淡。如果你是「遵命」去深入的，天知道你能「深入」什麼地方去。這方面我是有正面的和反面的經驗的。

我記得我讀過一本書，是關於「二戰」的。有關史達林和總參謀長朱可夫之間的事。這裡面有一段文字特別棒，大意是：德國人兵臨城下，到了蘇聯的邊境，史達林一籌莫展。朱可夫把地圖拿過來，告訴史達林應該如此這般部署。這時候，指揮部裡有一名中級軍官對朱可夫非常的不屑，反問朱可夫：「元帥，你怎麼知道希特勒從那邊過來？」朱可夫的回答非常特別：「我不知道。根據我的判斷，德國人只能從那兒過來。」

他們的對話和小說創作無關，但是，這是我讀到的有關小說創作的最好的闡述。小說的創作是什麼？如果讓我來概括的話，我一定會引用朱可夫的那兩句話：第一，我不知道；第二，根據我的判斷，小說只能是這樣。

一個作家打算去寫一部作品，它的前提是什麼，我想就是「我不知道」。是「我不知道」給了我們信心，是「我不知道」給了我們瘋狂。「根據我的判斷」，我想這是斬釘截鐵的。判斷有它的意義，它使事件不再是事件，一下子上升到了現實的高度。因為有了判斷，世界精采了，小說也就有事情做了。

小說其實就是判斷，做日常的判斷，做理性的判斷，做情感的判斷，做想像的判斷。在判斷的過程中，小說得以展開，得以完成。作家在寫的時候，他是一點點一點點地判斷過去的，然後，作品中所有的人物各行其是，讀者在讀的時候，當然也是一點點一點點地判斷過去的，他依靠作品中的事件、人物，高高興興地，或者悲悲切切地，考量生活的現實性與可能性。

現在的問題是，判斷的依據是什麼？朱可夫說得很好了，他其實已經告訴我們了，他根據的就是「我的判斷」，「我」就是依據。這有點不講理了。其實，道理就在這裡。這裡就牽涉到一個問題，這個「我」到底有多大的自立性。

剛才我講《半夜雞叫》的時候留下了一個話題，那就是反派人物的妖魔化問題。這個問題現在看起來是簡單的，那就是那個時候我們的小說要寫一個人，好要好到什麼地步，壞要壞到什麼程度，這些看似最簡單的工作，作家自己就是做不了主。有人會對你提要求。就說寫一個壞人，不要說人物怎麼走，就是用多大的篇幅、用多少字數去描述，都是有要求的。人物的形象在作家的腦海裡還沒有生成，其實在別人那裡已經有了。作家在這個時候沒有一點「我的判斷」。如果有，也就是那一聲可憐的雞叫。

我們還可以把話題深入一些，我不知道朋友們注意到沒有，在我們的當代文學裡，始終存在著這樣一種路子的小說，這一路的小說有一個基本的定律，我發明了一個概念，叫做「縣長—書記定律」。這一路的小說有一對矛盾，那就是鄉長、縣長、市長、廠長和書記們的矛盾。如果上面的精神是抓政治，那麼，書記一定是正確的，帶「長」字的一定要倒楣，不是政治上出了問題，就是經濟上出了問題，要不就是生活作風上出了問題；相反，如果上面的精神是抓發展，那麼，書記就會出政治、經濟或生活作風上的問題。這樣的小說一直到今天，不少很有影響的小說走的還是這個路子。我們不能說這樣的小說都不好，我也沒有都讀過，但是，我形成了這樣的閱讀記憶，這種路子上的小說作家的「判斷」是不在場的，都有一個「別人」在代替作家。作家的判斷力僅僅用在了故事與情節的組裝上。

作家和任何人一樣，永遠也不可能沒有壓力，只不過由於生活的形態不同，壓力的表現有所不同而已，過去是過去的壓力，現在是現在的壓力。現在的壓力少麼？版稅、銷量、媒體，這些都是。

人在壓力底下容易失去判斷，會用外部的力量來替代自己的判斷，作家一旦不能「根據我的判斷」，「縣長—書記定律」就會出現，只不過主人公不再是「縣長」和「書記」罷了。

也許我們會說，出現了這樣的一個「定律」又怎麼樣呢？無非就是一個小說走向的問題，可是，沒那麼簡單。因為這個虛假的走向並證明這個虛假的走向，小說所動用的所有材料就變得十分地可疑，作家的立場和情感也就變得十分地可疑，小說只能以違背世俗的常態為代價，這個時候，讀者就有權利問了：你寫的到底是不是我們的生活？

我就突然想起了張愛玲的姑姑評價張愛玲的一句話，你哪裡來的這一身俗骨？我不知道張愛玲的姑姑是什麼意思，可能是批評吧。似乎也不像。我們可以從張愛玲的轉述裡頭看出一絲得意來。我也願意從「俗骨」上看到非同尋常的意義。我們當然不知道張愛玲是一個什麼樣的人，但是，透過張愛玲的文字，我看到的是這樣一個積極的意義，所謂的「俗骨」，是對日常生活的一腔熱情，對世態人情的熟稔。它透徹、理解、領略，也許還有對基本生活的誠實。「俗骨」也許有許許多多的局限，但是，它有自己的主張，不肯讓別人替代自己去判斷，不容易受外界所左右。我認為這正是一個小說家的出發點。

這就是我所理解的「俗骨」，一個小說家的「俗骨」。這個「俗」是世俗的「俗」，是形態，而不是情態，不是市儈庸「俗」的俗。它們之間也許有聯繫，然而，更有質的區分。如果朋友們認為我在這裡談「俗」，就是號召作家做庸俗的市儈，這個帳我是不認的。許多人的「俗」不是有「俗骨」，而是賤骨頭。

我在年輕的時候是自信的，很可笑，我在寫作的過程中有一種特別的判斷，那就是，我認為作品中的主人公只有幹「文學的事」我才會允許他進入我的作品，什麼事是「文學的事」呢，其實也不知道，但是，有一點我是死心眼的，那就是他不能和飲食男女柴米油鹽太貼近，一旦貼近了我就寫不下去，就不好意思落筆，很害羞的樣子。我就讓我的人物做「草上飛」，還有「水上漂」。所以，在相當長的時間內，我的小說裡頭幾乎沒有一個像樣的人物。

我又要說到《紅樓夢》了，我們來看看曹老師的俗骨是如何在起作用的。第十一回裡頭，秦可卿病了，鳳姊去看望她，在場的還有寶玉和賈蓉。鳳姊先把兩個男人打發了，和秦可卿說了一大通話，很抒情的，說到後來，「不覺得眼圈兒都紅了」。我們可以從紅著的「眼圈兒」打量鳳姊的心情，以及她和可卿的關係。這些都是真的。離開的時候，鳳姊到了院子裡，曹雪芹當即就描繪了院子裡的景色，鳳姊女士「看著園中的景致，一步步行來」。

在這裡，空間的關係是緊湊的，人物的心理也是緊湊的，卻脫節了。按理，鳳姊的心情還沉浸在傷痛之中，可是，鳳姊就是「一步步行來」。這也是真的。接下來絕了，鳳姊遇上了賈瑞。一見面，鳳姊從賈瑞的舉止對賈瑞的目的就心中有數了，可還是和賈瑞調了一番情。賈瑞在哪兒出場不行？曹雪芹偏偏就安排在這個時候，一個剛剛探望過病人和友人的時候，太棒了。這裡既寫了賈瑞，也寫了鳳姊，使鳳姊的內心多了一個維度。然後，鳳姊幹什麼去了？看戲去了。一大堆的女人。更絕的來了。我以為曹雪芹在這個時候對鳳姊的描繪是驚天動地的，她立起身，對著樓下看了一眼，說：「爺兒們都哪裡去了？」鳳姊這個時候剛剛從秦可卿的病房裡出來，賈蓉是她剛剛打發走的，她所說的「爺兒們」是誰呢？她的目光在樓下找誰呢？不知道。一個婆子說：「爺兒們喝酒去了。」鳳姊說：「在這裡不便宜，背地裡又不知幹什麼去了。」鳳姊為什麼在這個時候說這個？她到底在想什麼？為什麼剛剛看完了病人想這些？這句話是《紅樓夢》裡的一個洞。這是一個小說之洞，文學之洞。尤氏在這個時候還拍了一個精采的馬屁，尤氏說：「哪裡都像你這麼正經人呢？」

聯想起「爬灰的爬灰，偷小叔子的偷小叔子」，這裡對鳳姊的描述可以說驚若天人，這是怎樣的「花樣年華」？這裡一共就幾百個字，曹雪芹什麼都沒說，什麼都說了。你自己去看吧。天才呀，天才。偉大的小說家。世事洞明，人情練達。小說就應當是這樣的，多麼迷人哪！至於一部小說最終想表達什麼，那是另外的一個話題了。

你一定要說曹雪芹有多麼大的小說技巧，不見得。他沒有讀過《文學概論》，也沒有讀過《小說修辭學》。什麼是技巧？小說本身沒有什麼技巧，如果一定要說有，都在世俗人情裡頭。是生活複雜的線性賦予了小說的跌宕，而不是相反。所謂技巧，在我的眼裡無非就是作品反映出生活的質地、來龍和去脈，或形似，或神似。得「像」。怎麼才能「像」，作家不通世俗人情是不行的。我只能說，曹雪芹懂，曹雪芹通。因為懂得，所以慈悲。《紅樓夢》就是曹雪芹一步一步地由「我不知道」判斷著「推」下去的，越來越像，同時，越來越不像，只留下白茫茫一片，又蒼涼又蒼茫。除了眼淚，只有喟嘆。除了日常，還有荒唐。教人說什麼好呢？

在這裡我還要談一談加繆的《局外人》，這篇小說我特別喜歡，我已經多次在不同的場合說起它了。我們來看加繆是如何去做判斷，一步一步將小說深入下去的。

小說的走向我們都知道，「我」的母親死了，「我」就去奔喪，在母親的遺體前，「我」喝了咖啡，吸了菸，後來「我」還和一個女人做了愛，都是對死者大不敬的舉動。後來我因為意外殺了人，小說的第二部分就此展開了。「我」上了法庭。在閱讀小說的時候，讀者也是在判斷的，讀者的判斷是，下一步，作品一定會圍繞著法庭辯論而展開了吧？是的，是法庭辯論。可是，真正的小說出現了，法庭並沒有論證「我」為什麼殺人、有沒有罪。加繆的判斷是，法庭在這個時候必須證明「我」在母親的屍體前到底有沒有喝咖啡、吸菸、做愛。如果這一切得到了證明，那麼，「我」只能是一個十惡不赦的傢伙，「在心裡就是一個殺人犯」。只要證明了「我」是「精神上」的殺人犯，「我」是故意殺人還是過失殺人就不重要了。加繆的判斷是反世俗的、反常識的，然而，這種反世俗、反常識卻構成了另一種恐怖世俗的景象，那就是荒謬。

我不知道我的看法對不對，我以為加繆有他的世俗夢，他的世俗夢被破壞了，所以，他要讓作品中的人物自我放逐，他要出擊，大打出手，鐵定了心思要做一個「局外人」。這是沉痛的，和阿Q這個「局外人」想「同去」而不能一樣是沉痛的。加繆用他的反向判斷完成了《局外人》這一部傑作。他的思想、他的藏而不露的，或者，乾脆就沒有的情感都依傍在世俗情懷的側面。

我的任務是講一個小時，現在時間也到了，不對的地方請批評。我來總結一下，無論文學怎麼變，小說怎麼變，作家說到底還是要做一個懂得世態人情的人，作家的世俗情懷不能丟，別的再重要，這個根子都不能丟，要不然，小說很難立得住，小說的目的很難達得到。沒有世俗人情的小說，不只是爛尾樓，還是危險建築。一句話，如果文學需要一根拐杖，我想說，把賤骨頭丟了，從最基本的地方做起，來一根「俗骨」吧。

文人的青春——文人的病

中國歷史的生命史是顛倒的，先老年，後中年，再青春。一句話，中國人越活越年輕。這不是我的發明，早在一九〇〇年，激情四溢的梁啟超就曾站在二十世紀的地平線上這樣「一言以蔽之曰：歐洲列邦在今日為壯年國，而我中國在今日為少年國。」我們先把梁啟超的一腔熱血放在一邊。我注意到，在一些人文著作中，中國的知識精英們一到了晚明突然變得天真起來了，燦爛起來了，澄澈而又靈動，飄逸而又自主，讓我們看了都難受，我怎麼就沒有生在晚明呢？當然，論述者並沒有忘記補充，晚明文人的這種變化原因有二：一、專制；二、文人「自我意識」的覺醒與膨脹。其實，封建史數千年，專制何處沒有？何時沒有？關鍵是文人們自己醒了，像亞當偷吃了禁果那樣，「鐺」的一下，眼睛亮了。我產生了這樣一種印象，嘉靖、隆慶之後的「我大明」不是中國文人的「孩提」就是中國文人的「青春」。晚明的文人成了中國史上的新人類，玩的就是心跳，玩的就是「酷」，他們在晚明這條小路上來了一次大撒把。天真多好，燦爛多好，孩提幸福，青春萬歲。只要別做李卓吾，殺頭可不是碗大的疤，只要別做徐青藤，搗碎自己的睾丸有點疼。做一做紈褲子弟張宗子就不錯，有精舍、美婢、孌童、鮮衣、美食、駿馬、華燈相伴，夫復何求？張大復也行，一潭水、一庭花、一枕夢、一愛妾、一片石、一輪月，逍遙三十年，實在無聊了，就弄點病生生，反正閑著也是閑著。明代好哇，它「覺醒」了，勃起了，它是中國文人的青春期。這一點邏輯上倒是說得過去，如果說，一九〇〇年的「我中國」是「少年國」，那麼，按照顛倒的邏輯，三百年前的「我大明」不是中國人的第一次夢遺又是什麼？晚明的文人天真爛漫，童趣盎然，通體透亮，一片冰心在玉壺。

當然，我們並沒有說梁啟超的激情業已構成後人修史的邏輯依據，事實上，我們的論述和梁啟超的話題並沒有多大關聯。必須承認的是，後人們從晚明的背影裡看到了天真，自然有其合理的因素。比方說，晚明的文人就有一張中國史上特別生動的臉。關於中國文人的臉，年齡不滿四十的韓愈有過一番自我描摹：「而視茫茫，而髮蒼蒼，而齒牙動搖。」這句話是經典性的，差不多成了中國知識分子面部表情的大寫真。但是晚明的人們不。又是「本色」（徐青藤），又是「童心」（李卓吾），又是「性靈」（袁中郎），又是「主情」（湯義仍）。

但是我不相信。我只相信用「木馬計」攻克了特洛伊城的古希臘人是天真的，是童趣盎然的，一個稚拙得居然把兒戲當做「計謀」的民族，再怎麼欣賞自己的「刁滑」，它也只能是稚拙的。同樣，一個在儒、道、墨、法、釋的大醬缸裡浸漚了數千年的民族，到了它的末世突然羞答答地做起了稚拙狀，這就和八十八歲的老太太剃起了童花頭差不多了。與其說晚明的文人是天真的，毋寧說是表演天真，或曰，對天真的一次惡性戲仿。對任何人，我們不能聽他們說什麼我們就信什麼。所以，面對歷史，我們必須鼓起這樣的勇氣：一、以小人之心度君子之腹；二、先小人，後君子。只有這樣，我們才能從最基礎的層面上入手，完整而活潑地把握「人」的命脈。我不相信晚明文人的天真。我不相信他們的本色、童心、靈性、個體生命意識的覺醒，他們重複一萬遍我也不信。他們比任何人都老於世故，他們的天真、本色、童心、靈性、個體生命意識的覺醒，其情態只是最成熟男人的酒後，佯狂、裝瘋作傻、依瘋作邪。直言之，是晚明的文人病了。只不過病得太久，病的人太多，他們就拿這種病當了常態。在病中，他們抓住了兩項極為「個人」、極為「身體」的集體項目：一、酒；二、性。當酩酊與高潮來臨的時候，他們迸發出了汪洋恣肆的生命動態，迸發出了燦爛絢麗的瞬時感覺，我想，不少人驚呼中國人的「個體生命意識」在晚明的文人身上業已「覺醒」，或許就源始於此。

幸好我們有比照。在歐洲，文藝復興差不多可以看成「人」的一次大覺醒、大解放了。「個體生命意識」在那個「產生和需要巨人」的時代得到了空前的大提升。晚明到底是不是我們的文藝復興，我們不去做這種無聊的辨析。然而，要使我們的「個體生命意識」覺醒起來，以下三點是最為基本的，即：一、人本精神；二、「人」對未來的強烈希望；三、「人」對個體生命的堅定自信。晚明的文人生活在末世感與卑微感的雙重陰影下面，借助酒與性進行了一次集體自殘與集體自戕，硬把一個（或一群）自我放逐、自殘與自戕的人說成「覺醒」，聽上去簡直是挖苦。文藝復興為我們人類留下了這樣一個詩意盎然的定義：「宇宙的精華，萬物的靈長。」定義者是偉大的莎士比亞。晚明文人眼裡的「人」又是怎樣一種黯淡呢？費振鍾在他的《末世幽默》中曾有一段深刻的評說：「人在歷史強力面前，是那樣的微不足道，這種人與生存世界之間的巨大反差，張岱在他寫於崇禎五年十二月的《湖心亭看雪》筆記中，比喻得十分清楚，那種借著自然的廣大無垠而把人在其中戲為『兩三粒而已』的黯然，正是人生之渺小情態的流露。」人只有「兩三粒」，還「而已」，晚明文人的關於「人」的傷嘆，由此可見一斑。還是讓我來引用費振鍾的另一段話吧：「明代文人在試圖從理學突圍出來的過程中找不到寬闊的出路，於是只能退回到內心方寸之地討生活。因此明代文人，在思想識度上往往一味局限在一己性情範圍內，認識自我生活的自由意義，這樣他們的個性就越來越走向內在化、趣味化，他們也可能會曠達，但是這種曠達，不是從更加無所畏懼的精神自由的意義上表現出來的生存境界，而是在拒絕外在拘束的藉口下，對身外世界的冷淡和疏離，也就是明代文人所謂的個人身心到了『極無煙火處』。」此言極是。也許，晚明文人的真正覺醒，只是看到了一點：「人」已不再是自身的目的，只是自己的工具，甚至玩具，如是而已。

晚明文人並沒有給我們帶來覺醒。那麼現在，我們也許該真的來談一談專制了。應當說，晚明文人的非常態，專制是導致這種非常態的原因之一，這一點我原則上不反對。但是，我似乎又不能同意。封建文人果真就那麼反感與懼怕專制麼？我看倒是未必。別的不說，僅僅一部「中國文學史」，就有相當一部分是「沒做穩奴隸」的長吁短嘆。常識告訴我們，歷朝歷代的文人真正懼怕的可能倒不是專制，而是失去了被專制的機遇與身分。他們最恐慌的是被專制所遺忘，所埋沒。說得文氣一點，是「英俊沉下僚」，這才合於封建倫理與封建文化。可以認定，封建時代並無制度關懷，所關注的唯有帝統與宗法。一部《桃花扇》已經極其戲劇化地說明了這個問題，只要是正統的「天子」，他們就必須樂於服從（效忠、規勸、死諫），不正統的則與賊無異，事之則豬狗不如。封建文人從來就沒有反抗封建文化的使命，相反，封建文人最大的天命就是維護這種文化，其中最重要的當然就是帝統的正宗性。而我認為，明代文人的整體墮落，正是維護這種正宗性的全面失敗。

說起「帝統」，我們就不能不涉及大明帝國的那些「天子」了。無論從「宗法」還是從「道統」加以考察，明代的帝系都堪稱中國歷史上的攪屎棍。混亂的「宗法」給明代的文人投下了極其巨大的陰影。先是四年「靖難」，儘管胡適先生說，成祖朱棣的流氓行為「最像他的老子」，但是，成祖的皇位畢竟是從他的姪兒手中搶得的，不是大行皇帝的指派，這無疑就注定了方孝孺的非命。接下來就是英宗朱祁鎮與代宗朱祁鈺哥倆又上演了中國歷史上唯一的一次「復辟」戲，這一回死去的是于謙他們，再接下來就是曠日持久的嘉靖的「大禮儀」鬧劇了。在這些周而復始而又曠日持久的混亂當中，我們到底看到了什麼呢？從明代獻出了包括方孝孺、鐵鉉、陳笛、史景清、于謙、王相等人在內的上千顆腦袋上，我們看到了明代文人維護「帝系」的純潔性比維護性命更加頑固的決心。明代「宗法」的大混亂，對明代的文人來說，其影響遠遠超出了我們的估計。但是，這一切並不致命，對明代文人構成致命一擊的，不只在混亂的「宗法」，而在「道統」的大崩，朱家父子們把大明帝國當成了世界上最大的一座妓院，他們在這座妓院裡不僅當上了首席嫖客，他們甚至兼起了吧檯掌櫃、流行歌手、戲子、蛐蛐賭徒、虐待狂、受虐狂、木匠、修理工、春藥的義務試驗員，遊龍戲鳳、遊鳳戲蛇。在他們被女人掏空了身軀之後，他們被沒有睪丸的男人扶回了大內，用靜心「齋醮」來打發他們的不朝期。於是，從此君王去齋醮，三十八年不上朝。這時的大明帝國，真是問茫茫大地，還有幾許祥瑞，看浩浩蒼天，尚存一穹青詞。有一個細節我們是不該忽視的，當皇覺寺的出家和尚朱重八做了大明帝國的開國皇帝之後，他的子孫們並沒有把他們的熱情過多地給予佛教，相反，卻對道教如醉如癡。明世宗對方術、青詞、齋醮的執迷說明了這樣一個基本事實：朱元璋的子孫們對佛家的「普渡眾生」，虛弱到哪怕連「作秀」的熱情與力氣都沒有了。他們捨棄了「我不下地獄誰下地獄」的佛家精神，急著想要的卻是「我不成仙誰成仙」的道家精髓。其實，所謂「道教」，說穿了只不過是他們枕邊不可或缺的一粒「偉哥」。這一來問題終於出來了，「道統」的大崩，直接造成了這樣一種局面，即

「天子」的專制改變了形式（本質當然還是一樣的），直接面對晚明文人的，是齋醮票友（如嚴嵩）的專制，是錦衣衛的專制，是閹人「二姨媽」（如魏忠賢）的專制，一句話，是奴才的專制。人主的專制固然是可怕的，而奴才的專制卻更為恐怖。也就是說，令晚明文人們真正汗不敢出的，絕不只主子，更多的是奴才。同時，這種奴才的專制也使晚明的文人們一下子失去了人生的目標與意義。晚明文人們真正絕望了。除了狂、癡、癲、瘋、病，晚明的文人們看不到任何終極意義，看到的只是終點，也就是末世。概之，晚明文人的病，既不來自於君主專制，更不是什麼「覺醒」。而是第一，因「宗法」的混亂所帶來的極度恐懼；第二，因「道統」的大崩而形成的徹底絕望。這二者構成了晚明文人身上濃郁的、揮之不去的「世紀末」狀態，也就是狂放的玩世不恭。

狂放的玩世直接導致了這樣一個惡果，他們使整個明代社會失去了最有力的增長點。知識分子的墮落才是一個社會徹底的和最後的墮落。墮落的標誌是對真正的「人」的「零度」冷漠。有人說，如果滿人不入關，晚明會「自然而然」地把我們的歷史帶向近代。事實上，在徐渭擊碎了他的睪丸之後，整個晚明還有什麼可供我們擊碎？當吳三桂打開山海關的時候，清兵以百米衝刺般的速度踏進了大明的紫禁城。這不是一場戰爭，它充其量只是一次權力交接的儀式。它的意義恰恰是把奄奄一息的專制交給了精力充沛的專制。

封建文人的最大理想依然是「做穩奴隸」，說到「人」的「覺醒」，只能是「五四」

之後，儘管「『五四』提出的問題，直到現在還沒有解決」（于光遠）。只有真正的「覺醒」，真正意識到「專制」做為「制度」的殘酷，人才有「類」的意義，人的所有努力才稱得上現代性。在此意義上，我讚美偉大的預言家梁啟超，儘管他後來又忙著保皇去了。

輯四

我和我的朋友

好看的憂傷

三十九年前，也就是一九七〇年，我可以清晰地記得，那是夏天的一個傍晚。一個小夥伴來到河邊，急匆匆地把我叫上岸來——我們長期堅守一個約定，無論是誰，只要碰到有趣的事情，彼此都要通知。我被我的小夥伴叫上來了，一問，村子裡來了一個奇怪的人，是個女的，她不停地說話，卻沒有一個人能聽懂她在說什麼。

我和我的小夥伴就開始跑，在奔跑的過程中，我們的隊伍在壯大。這也是鄉村最常見的景象了，孩子們就這樣，一個動，個個動。等我們來到目的地，一群孩子已經拉出了一支隊伍，把當事人的家門口圍了個水泄不通。

村子裡真的來了一個奇怪的人，是個女的。等我們來到這裡的時候，這個女人已經不說話了，她說過了，哭過了，現在已經疲憊了，她在休息。顯然，她是不受歡迎的，她的屁股底下沒有板凳，她只是就地坐在一只石磙子上。然而，儘管屁股底下沒有板凳，我們也不敢小覷她——她雪白的襯衣，她筆挺的褲縫，她塑膠的、半透明的涼鞋，尤其重要的是，她優雅而筆挺的坐姿——毫無疑問，她是個城裡人。這個城裡的女人就那麼坐在石磙子上，一動不動，滿臉都是城裡人好看的憂傷。

老實說，我不是看城裡人來的，我也不是看憂傷來的，我一心想聽她說話。我的小夥伴一直在氣喘吁吁地告訴我，她的話「一個字」都聽不懂——這怎麼可能呢。

我的小夥伴的話很快就得到了證實，休息好了，女人蹺起了她的腿，開始說話了。她的聲音並不大，但是，在寂靜的鄉村黃昏，我想我們每一個人都聽見了她的「說」。她一個人說了很長時間，真的，我們一個字都沒有聽懂——她的「說」還有什麼意義呢？她的「語言」還有什麼意義呢？毫無意義。

我很快就注意到了一件事，那就是，我們的周圍沒有一個成年人，甚至連房子的主人都不在，他們家的小兒子也不在。鄉下的孩子往往有一種特殊的本能，他們可以從成年人的角度去看待一些事情。我很快就知道了，人們其實在回避這個城裡的女人，她來到我們村絕對不是幹好事來的。

她究竟是幹什麼來的呢？女人一直在說，說著說著，她再一次哭了。城裡的女人是「不會哭」的，她們只會流淚，只會發出一些痛苦的聲音。鄉村女人的哭就不一樣了，她們的哭有固定的節奏，有確切的旋律，邊哭邊說，準確地說，是「哭訴」。她們的哭有許多實際的內容，而不只是悲傷的情緒——正因為城裡的女人「不會哭」，她們的哭往往教人揪心。

我很難過。我注意到她企圖問我們一些問題，但是，誰知道她說的是什麼呢？事實上，我們也和她說話了，但是，她同樣聽不懂我們的語言。我們近在咫尺，其實來自不同的世界，彷彿陰陽兩隔。

也許是由於絕望，城裡的女人最終坐在了地上，她躺下來了，她在地上一心一意地哭。她徹底顧不上城裡人的體面了，像一個潑婦一樣在地上打滾。她一邊滾一邊說。此時此刻，我們只是知道了她的痛苦，卻永遠不知道她為什麼痛苦。我至今記得那個夏日的午後，一個陌生的、城裡來的女人把她所有的悲傷留在了我們村。沒有人能夠幫助她，沒有人知道為了什麼。

這個女人後來是自己爬起來的，她撣了撣土，整理了一番頭髮，一個人離開了。她再也沒有在我們村出現過。

但我們還是知道謎底了，事情一點也不複雜，她是來尋找她的兒子的。那個我們都認識的、沒有露面的小男孩，其實是她的兒子。

她的兒子是被拐來的呢還是她和某個人私生的呢，我沒有得到進一步的消息。村子裡所有的人都對這個問題三緘其口。偶爾也會有人提起那個孩子的身世，但是，言說的人一定會得到阻止。這阻止不是大聲的喝斥，而是一種不動聲色的目光。是告誡——這也是鄉村的又一種文化了。

好多年之後，我意外地得到了那個城裡女人最後的、也是唯一的資訊，她是江南人，她來自蘇州。

現在，我用一句話就可以把三十九年前的那件事說清楚了：三十九年前，一個蘇州女人來到蘇北的一個村莊尋找她失落的兒子，沒有人能聽懂她在說什麼，她最終消失在我故鄉的夜色裡。

蘇州與我的蘇北村莊相隔了多遠呢？說出來很嚇人，也就是兩百公里。

但是，在這「也就是」兩百公里的距離之間，有一樣東西，它叫長江。毛澤東有一句詩，是描繪南京長江大橋的，曰：「一橋飛架南北，天塹變通途。」毛澤東的詩一直都是這樣，氣度非凡。但是，詩歌的氣度往往有一個前提，那就是意象的開闊。毛澤東所選用的意象是什麼？是長江。這是一條綿延的、深邃的水，它劃分了南中國與北中國，長江還不只是綿延的、深邃的水，它還有別樣的意義，它同時承擔著中國歷史的分野、中國語言的分野和中國文化的分野。一個國家，一個民族，當她的文化具備了豐富性的時候，這文化必然是多樣的、多元的。豐富啊豐富，你是華光，也是業障。所以，在整個農業文明時期，長江它不叫長江，它叫天塹。天塹，它強調的是分，刀劈斧鑿一般，狠刀刀的。它具有洪荒的、絕望的氣息。

當洪荒的、絕望的阻隔之間出現了連接，我們可以想像一個浪漫主義詩人的豪邁。詩人說：天塹變通途。幾乎就是脫口而出。這是一種令人喟歎的欣喜，它所指的不再是分，而是交流上的無限可能。

可事實上，無論是科技還是人文，就我們人類所達到的高度而言，「天塹變通途」的可能性早就存在了，我們只是習慣於蔑視交流的可能性。我們一邊在建造大橋，一邊在積極地劃分「兩個世界」或「三個世界」。兩個世界，三個世界，一個優雅女士的就地打滾，一個傷心女人破碎的心。

三十九年過去了，我現在居住在南京，沿著我的窗戶望出去，腳底下就是長江。它不是天塹了，再也不是了。它只是一條江。老實說，我是喜歡這條江的，它是我最好的風景。可是，在風景的遠處，我始終能看見一個蘇州女人，她在「說」，一直在「說」。

青梅竹馬朱燕玲

在我所有的朋友當中，最具戲劇性的朋友是朱燕玲。

一九八九年，那時候我還沒有在刊物上發表過一個字，我把我的一個中篇寄到《花城》編輯部去了。和我所有的稿件一樣，我的小說在《花城》編輯部那頭沒有任何消息——後來我知道了，一九九〇年的下半年，《花城》編輯部的稿件業已堆積如山，都摞在地板上了，他們決定「清倉」。戲劇性就在清倉的這一天出現了。一個年輕的女編輯動了惻隱之心，想，再翻一翻吧，也許還有合適的稿子呢，別漏了。她就蹲在地板上，一篇一篇地翻。這一翻就把一個叫〈孤島〉的小說給翻出來了。這個年輕的女編輯就是朱燕玲，而〈孤島〉就是我的處女作。

從理論上說，這個時候我應當花上冗長的篇幅來讚美我的伯樂才對。可是，我有更重要的話要說。朱燕玲蹲在地板上，做出了一個匪夷所思的判斷，她認定了〈孤島〉的作者是「七十來歲的樣子」。她給我來了一封信，語調是客套的，也許還是尊老的。我讀著她的信，看著她又瘦又硬的筆跡，同樣得出了匪夷所思的結論，朱燕玲有可能五十出頭了。之所以沒敢把她猜得太老，因為每一個人都知道，六十歲是要退休的。所以，我克制了我的喜悅，給朱燕玲回了一封信，語氣更客套、更尊老。兩個「老人」就這樣有了書信上的來往，彼此那個客氣啊，像款款的夕陽，溫馨又從容。

終於有一天，朱燕玲要來南京了。我問她到南京「有什麼事」，朱燕玲用她又瘦又硬的筆跡告訴我：「我回家，我就是南京人哪！」天哪，這麼巧，她居然就是南京人。她在廣州，我在南京，因為一篇小說，我們終於走到一起來了。

我們就這樣在南京見面了。我騎了足足有一個小時的自行車。這真是一次戲劇性的見面，我們都驚訝於對方的年輕。因為年輕，又因為燕玲太漂亮，我一下子就不知所措了。要知道，在心理上，我已經做好了和「長輩」見面的打算，可結果呢，燕玲只有二十多歲，差不多和我同齡——做為一個年輕的作者，我多麼渴望我的伯樂是一位白髮蒼蒼的、滿面皺紋的、德高望重的長者。可燕玲這麼小，這麼漂亮，很不對勁了。我的虛榮心受到了挫折。你朱燕玲怎麼也不該是《花城》編輯部的編輯。

我終於被這樣的結果弄得古怪了，也許燕玲也一樣地古怪。燕玲說，「坐吧」，我就坐。燕玲說，「喝水吧」，我就喝水。我記得整整一個下午我都「坐」在燕玲家的客廳裡，認認真真地、同時還全力以赴地「喝水」。在這裡我有必要交代一下當時的文化背景，那時候，年輕可不是什麼好東西，每一個年輕人都眼巴巴地渴望著自己能夠老一點——只有這樣，我們才能夠夠「分量」。燕玲對我有知遇之恩，她年輕，我不能責怪人家什麼，那麼，剩下來的我只有自責了。我居然利用小說把自己弄得很有「分量」，我對不起燕玲。

我和燕玲的第一次見面就這樣不淡不鹹地收場了。不久，我得到了消息，燕玲馬上就要到加拿大去了。老實說，我對燕玲的出國一直不以為然，你一個讀中文的，你一個做中國文學編輯的，你去加拿大做什麼？當然，這裡頭的私心毋庸置疑——你一走，誰還能欣賞我的小說呢？

做為一個寫小說的，我要說，遇上燕玲實在是我的幸運。她的認真和善良幫助了一代又一代的文學青年。她不能容忍任何一個小說家在她的「手上」被埋沒了。她的眼光始終與眾不同。她從來就不相信所謂的名氣。如果不是這樣，又怎麼可能有我呢？我當然不會認為我有多麼了不起，但是，有一句話我必須要說，沒有朱燕玲就沒有我。我至今保留了她以《花城》編輯部的名義給我寫來的信。假使當初沒有這封信，我現在是怎樣的呢？老實說，我很後怕。要知道，在燕玲發表我處女作的時候，退稿已經退得我快發瘋了。你越是有信心，你越是要發瘋。是燕玲第一個從黑暗當中向我伸出她的手。

燕玲後來還是從加拿大回來了，又回到了她的《花城》編輯部。有一件事燕玲是很丟人的，她在加拿大待了那麼長的時間，居然不會說英語。我問她為什麼，她說，她一直生活在香港人的圈子裡。她還十分自豪地告訴我：「我的廣東話有了很大的進步了！」嗨，一個人在加拿大待了十幾個月，所取得的進步居然是廣東話。燕玲是一個什麼樣的人，我大致上知道了。

燕玲在廣州，我在南京。照理說，我和燕玲能夠相識，命運對我已經很關照了。可是，沒完。我已經說過了，在我所有的朋友當中，朱燕玲是最具戲劇性的一個。一九九九年，我在南京買了新房子。新房子的地點很不錯，樓群的下面有一個巨大的廣場。二〇〇〇年的某一天，我帶著孩子在廣場上散步，突然發現一個女人朝我走來了——她的手上同樣領著一個孩子。她在對著我微笑。我認識這個女人的，我一定認識這個女人的，可我就是不敢相信。好半天之後，我確信了，她是燕玲。我們本來已經約好了，第二天的下午到茶館裡見面。可是，老天爺沒有讓我們等。老天爺在家門口以一種家常的方式讓我們見面了。我驚喜地問燕玲，你為什麼會在這裡？燕玲說，她的父親在這裡買了房子，——你為什麼會在這裡？天哪，天底下會有這樣巧合的事麼？如果這個故事是一個小說家寫的，我會譴責這個小說家的低能。可是，生活就是這樣。原原本本的，就是這樣。我和燕玲居然在南京做起了鄰居。我一把拉住燕玲，說：「我們可真是青梅竹馬。」燕玲完全同意我的看法。是的，青梅竹馬。都這樣了，不是青梅竹馬還能是什麼？

現如今，到了假期，燕玲就要飛到南京來。我們時常會在樓下的廣場上不期而遇。有時候，我、我的太太、我的兒子會和燕玲一起到她的家裡去；有時候，燕玲則會帶著她的孩子到我的家裡來。兩個孩子有玩不完的遊戲，燕玲則和我的太太有說不完的家常話。這時候，我往往是多餘的，孤獨的。但是燕玲，我喜歡這樣的孤獨。我希望你經常到我的家裡來，吃吃家常菜，說說家常話。

就因為寫作，燕玲，我有了你這樣的朋友，我們一家都有了你這樣的朋友。誰說一個作家的寫作只是寫出了幾部作品？我愛寫作，是寫作拓寬了我的整個人生。

最後我要補充一句，年輕的朋友們千萬不要以為我和燕玲是青梅竹馬就委託我給《花城》寄稿件。沒用。我都試過好幾次了，燕玲沒給過我一次臉面。唉，在稿件面前，這個女人真是六親不認的。

上海的向黎靜悄悄

眼下的潘向黎可不是什麼「著名作家」，她正在南京大學讀博士。她怎麼會到南京大學讀博士的呢？這裡頭還有一個小故事。

熟悉中國教育體制的人都知道，在中國，你要讀碩、讀博，專業是第二位的，最為關鍵的是你的外語。外語過了，你也許能過，你要是在外語上摔倒了，你就再也爬不起來了。

我是一九八七年本科畢業的，雖然一直在寫小說，可是，讀書的心一直沒有死。我的父親一直瞧不起寫小說的，在他的眼裡，十個小說家也抵不上一個學者。寫小說玩的是腿腳上的「花活」，只有讀書、做學問才是實打實的真功夫——這就是他老人家的價值觀，到現在也沒有改變。

我和我的父親的關係有一度相當緊張，父親反對的兒子就要支持，兒子反對的父親就說好。「擰巴」到最後，等我到了一大把年紀，我終於發現了，潛移默化和耳濡目染的能量相當恐怖——我在骨子裡特別希望自己是一個學者。二〇〇六年，就在我寫《推拿》的前夕，我做出了一個重大的決定，先把寫小說的事情放下來，好好讀幾年書。

我把我的想法告訴了丁帆教授，丁老師很支持。他關照我說，好好抓外語。我記得那是一個非常混亂的酒席，我給丁老師敬了酒，心情酣暢。這時候不知道是誰正在和潘向黎通話，我一把搶過手機，語重心長地說：「向黎，我想到丁老師這裡讀書，你也來，是吧，做我的師妹。」

我努力過。但是，很慚愧，看了南京大學先前的英語試卷之後，我沒有去報名，沒有意義的。突然，有那麼一天，我家的電話響了，是向黎。她說，她明天到南京來報到。我問她，報什麼到？她說，咦，你這個人，在裝吧？我沒裝，老實說，我忘了那個電話了。問清原委，我對向黎說，潘老師，你不是我的師妹，你是我老師。

向黎就是這樣的，不聲不響，最後，她總能走在前頭。

我不會說潘向黎來南大讀博士是因為我的鼓動，事情當然不會是這樣。但是，以她的資質，她做什麼做不成呢。她的外語好哇。我聽過向黎和日本人說話，嘴巴裡像熬著糯米稀飯，咕嘟咕嘟的。

說起日語就不能不說日本，向黎在日本留過學，我以為她的身上有一些特殊的氣息。比方說，禮貌。禮貌有什麼可說的嗎？有。在我的眼裡，禮貌是一件無比重大的事情，它關係到你如何對待別人，也關係到你如何對待自己，說白了，它關係到你如何看待人生。向黎一直以珍惜和講究的方式對待別人和要求自己，她讓人舒服。和向黎在一起，你永遠如沐春風，這就是我想說的。她可以穿西服，也可以穿唐裝，但是，她是平和的，和藹的，和氣的，她的氣質就是她身上的「和服」，我永遠欣賞和尊敬彬彬有禮的人，即使在劇烈的對抗中，我也不喜歡一個人身上的粗鄙。向黎在很長的時間內都可以保證她友誼的品質。

向黎這樣天性的人適合創作嗎？這要看。我可以武斷地說，如果文學處在一個「乒乒乓乓」的亂世，向黎這樣的作家最容易被埋沒了。她不來刺激，她不可能耍大刀，她不肯扭著「S」形腰肢擺POSS，她丟不起那個人，所以，她注定了不可能「脫穎而出」。向黎是幸運的——她適合於文學的蕭條、末世，她需要外部的眼光曾經滄海，她需要靜。只要她靜下來，她的機會就來了。向黎這些年獲得如此的好評，這委實不是她全部的功勞，是看小說的人有品位了，有眼光了，有能力了。末世出珍品，真的是這樣。

什麼叫天時地利？說白了就是你的才華和外部的氣息對頭。文學越來越沒勁了，一個個都火眼金睛的——誰還沒看過呢？對向黎這樣知道珍惜和一直講究的人，空間卻無比地寬闊。她用心、用功，她作品的味道是她自己熬出來的。清水、白菜，把白菜丟在清水裡頭有意思嗎？沒意思。可是，如果它們放在一起，用火煮，煮出來之後清水還是清水，白菜還是白菜，你試試看。這裡頭的專注、火候、分寸，哪一樣也隨便不得。

文學的末世也是不聲不響的，在不聲不響裡頭，上海的向黎靜悄悄。等你注意到她的時候，她一定在前頭。

王彬彬斷想

人多的地方王彬彬不太喜歡說話，他的臉上總是掛著一副王顧左右的神情，交替著打量每一個人，目光懶散得很，眼珠子一會兒從左移到右，一會兒又從右移到左。然而，話題一旦出現分歧、對峙，王彬彬的眼神立馬就聚焦了，很緩慢地打起手勢，說：「是這樣的。」這就是說，王彬彬要開口說話了。隨後就是一二三四。在這一點上，王彬彬和同屬南京軍區的小說家朱蘇進有著驚人的相似。看來，中國人民解放軍的「三大紀律八項注意」還得加上第九條：「語不驚人誓不休。」

因為人高馬大，王彬彬的舉手投足總是慢條斯理的。只要一抬腿，王彬彬就會邁開他的四方步，玩他的「宏大敘事」。我想，如果有一顆「飛毛腿」導彈落在他的身邊，王彬彬一定不肯撒腿狂奔的。偶爾遇上熟人，王彬彬就要微笑著向人家點頭，親切得要了命。所以，我們不太願意和王彬彬在軍區大院裡一同走路，只要你的手腳一麻利，你就成了「將軍」身邊的通訊兵。當然，我說的是背影，面對面你是不用擔心的，將軍的臉我們在電影上見多了，人家玩的是「胡天八月即飛雪」。

同在南京，說起來我和王彬彬見面的機會真是少得可憐。我懶得出門，而王彬彬更是整天把自己關在家裡，寫作，業餘時間看書，要不就是看書，業餘時間寫作。這個人不泡吧，不搓麻將，不玩棋牌，不說「段子」，沒有「故事」。我就弄不懂他的身上哪裡來的這麼大的定力。偶爾通通電話，我說，忙什麼呢？他的回答永遠是一樣的，還能幹什麼？看書。我說，怎麼還在看呢？他在電話的那頭伸起個懶腰，拖聲拖氣地說，不看是不行的。

這麼說王彬彬是一個慢條斯理的人囉？這麼說王彬彬永遠靜若處子囉？否。今年六月，我到南京大學去聽王彬彬的講座，開始的幾分鐘還好，他有板有眼的，神靜氣閑的。沒多久，這個人「露」了。他激蕩、剛烈、無畏、敏感而又銳利。他的聲音與手勢都大得驚人，兩條腿在三尺講臺上來來回回。在他激動、偏執同時又在學生面前斟字酌句的時候，這個人的身上有一種痛、一種焦慮、一種憤怒。這就是為什麼他的研究領域離「文學」越來越遠，而離真正的社會越來越近的生理緣故。

這個人的這一輩子注定要被焦灼所纏繞。我想，他幾乎把所有的時間都用在了讀書與寫作上，或許正是這種焦灼的直接反應。他太想弄明白，他太想知道這個世界為什麼「是這樣的」而「不是那樣的」。這個人一定會累上一輩子。因為這種焦灼的「第一動因」不是來自於外部，相反，它來自於自身的氣質，氣質的力度與氣質的賁張。

我想，王彬彬的焦灼還有可能來自於生命的緊張感，這種緊張表現為極為沉重的使命色彩。這樣一來，這個人對時間與生命理所當然地採取一種擠壓式的生存姿態。因而，他選擇了迅速與明朗的文風，同時也採取了一種內斂和簡約的生活。

有一次我們在一條遊艇上遊覽，四五十個人，整條船都亂哄哄的，大家都在娛樂。他在用姊妹對吊將，你在打生死劫。我們玩得正投入，這時候不遠處傳來了一聲詰問：「陀思妥耶夫斯基呢？」許多人都停下手裡的棋牌四處找說話的人。說話的人是王彬彬。我敢打賭，說話的人一定是王彬彬。

激情是王彬彬生命中的一把雙刃劍。

王彬彬一九六二年十一月生於安徽安慶，本科就讀於解放軍外國語學院，專業是日本語。畢業之後他被「分」到了部隊，有一年多的時間他就被摁在大別山的山溝裡頭。無論從大處說還是從小處說，心氣極高的王彬彬都不肯在那樣的地方了此一生的。一九八六年王彬彬考取了復旦大學，做了潘旭瀾老先生三年的碩士生，又當了三年的博士生。後來他就到了南京，再後來我們就認識了。

我並不認為自己的嘴巴有多直露，但是，總是有朋友提醒、批評，我只好默認。然而，在我看來，王彬彬的嘴巴比起我來還要直露。舉一個例子，今年上半年，我曾在北京一家報紙的副刊上發表過一篇小短文，王彬彬不同意我的觀點，晚上打來了電話，這個人告訴我看過我的文章之後，劈頭蓋臉就是這樣一句：「這篇文章不好。」我實在沒有料到王彬彬會給我來「血染的風采」。這個電話讓我難忘。這個電話同時還讓我踏實。這倒不是我有「聞過則喜」的聖德，我是說，如果王彬彬讚美你的某一樣東西，至少說，他是真心喜歡。不能掩惡與不肯虛美，這兩者是合二而一的。你可以不同意他的觀點，你可以不接受他的直露，但是，這個人是誠實的。誠實，是的，不過我認為，誠實或許並不是王彬彬的道德自律，也許他還把它看成了一種修辭格式，王彬彬想獲得的，可能還有美感。

輯五　南京・臺北・我——

畢飛宇 vs. 駱以軍

南京

駱以軍：這是南京人

飛宇大哥：

我第一次搭飛機，離開臺灣，降落地就是一九九五年的南京。我雖說祖籍安徽無為，但其實祖父那輩就跑到南京江心洲，我父親是四九年那場大遷移，跑到臺灣。這是我的「大於我這個人」的故事。我現在還有大哥（同父異母）大嫂、堂哥們都住在南京江心洲，他們都是一些吃過苦、非常敦厚的老人。他們大我都二十歲以上，卻和我一樣是「以」字輩的。我那時還不滿三十，和新婚妻子說是度蜜月，卻跑去父親的夢境裡。當時搭一個後生開的小D，在碼頭等汽渡船，到了洲上，一些和我一般大的年輕人，男孩女孩，都喊我「小叔爺」，弄得我暈陶陶的，萬沒想到借父親的輩，我在駱家的輩分這麼大。

我生命的第一本真正意義的長篇，很大部分在說我父親的故事，因為我們從小在永和小屋子裡，圍著飯桌，我父親一開口就是：「當年那江心洲啊。」那年代世界還沒網路，我小小腦袋裝著的，離眼前這個現實世界較遠點的，充滿故事幻影的，就是他口中那個，像銀箔紙摺成的「南京」。我父親已過世十幾年了，這些年我不太想起他說的那些故事了，這時要和您起托個話頭，發現我提起南京，心中還是像水池底的魚影，晃晃悠悠，讓我浮躁的心沉靜下來。

我第一次見到您，是在上海書展，那時我和董啟章一起出簡體版，沒有人認識我們，您是出版社邀來幫我們站臺的。我在活動之前的飯桌上，說我非常緊張，問您對這類上場演講會緊張否？您說：「我不緊張，我七歲就在村裡搭的臺上，多少強光燈泡打在臉上，臺下站著全村幾千個村裡人。我要發表演講，內容是批判我自己家裡。我現在還緊張啥？」後來那場活動，您一開始就說：「今天是我和啟章來幫以軍站臺，讓以軍講。」於是我就哇啦哇啦講。事後我頗懊悔。但感覺活動散了，所有人也就散了，沒機會追上說，哥兒，謝謝你。這於是想到，「人情世故」這件事，事實上，我感覺在永和生長的我，成長的過程，很不懂人情世故。不是我，而是我的同代人，所謂不懂人情世故，可能這個描述也有極大問題。我回想：二十多歲時的我，當年的董啟章、黃錦樹、袁哲生、成英姝、賴香吟、黃國峻，如果現在的我能看見那時的我，就會拉您說：「就是那樣！！！就是那個模樣！！！」現在的說法較「宅」，其實那時世界沒有網路，這些人在臺北，文學養成的模式，是和西方小說打交道。可能我們二十多歲時，碰到面，若能打開話匣子，可能是兩眼噴著夢幻的火焰，談我們也沒去過的，巴黎的波特萊爾、普魯斯特，捷克的卡夫卡、昆德拉，布宜諾斯艾利斯的波赫士，或是聖彼得堡的杜斯妥也夫斯基，京都的川端、三島，都靈的卡爾維諾……，搞得很像他們是我們遠房表舅一樣。但我很感激我曾在那個九〇年代的臺北，我們好像cosplay那些「看不見的城市」，我們對那些城市全然無知，卻因為著迷某個那城市的小說家，幻想自己和那些街景、樹木、低頭行走的人群、市集，無比熟悉。

我想像我這樣的外省第二代，他們或和我一樣，都有個父親摺藏，小心翼翼，反覆像一顆薄意雕石觀看的，「陶庵夢憶」之城，也許是近七十年前的上海、北京、福州、重慶，而我父親在我從小，那難以理解的迷離，魔幻，他藏在口袋至死的那座城，就是南京。當然和飛宇大哥你所在的那座南京，是不同次元的兩座城市。其實臺北，在國民黨撤遷的上世紀幾十年，有頗深的南京印記，只是我小時候，身在雲中不知處。這要到真的去趟南京，很奇妙的，某些建築的顏色（譬如我到金陵女子大學，美齡宮，都會有種視覺暫留的幻視：「啊，這跟臺北某處好像，不，是臺北當時某些建築，是按記憶仿建他們的夢中模型。」我父親到老，都還是在懷念南京的當山梨，什麼「香豆乾、臭豆乾」，我結婚提親，臺灣人習俗是男方迎娶時除了禮聘，還要三牲，他會去西門町一家南京老店，買整隻金華大火腿和南京板鴨，弄得我岳家很困惑。

我記得二十年前，我和新婚妻子第一次去到的那座「真實的南京」，我們住在夫子廟旁，秦淮河畔，那時還沒有那麼觀光化，我記得低簷矮鋪，櫛次鱗比的小鋪，一間一間的小骨董鋪，就像布魯諾·舒茲寫的〈肉桂色小鋪〉一樣，我記得我們把旅費的大部分，在一間老闆說不出和我記憶中父親那些老友，氣氛相近（我心裡想：「他是南京人！」）的老舊小鋪，買了一尊他說是德化窯的瓷觀音，一路背回臺灣，現在還供在我永和老家，母親的佛龕上。當時還有一枚像小指指甲大小的和闐白玉，也是在那間昏暗的小骨董鋪買的，當時逞豪邁跟老闆說交個朋友，殺了好像幾百塊買下。回旅館房間，我坐書桌前把玩，還充內行跟妻子說：「這個白玉顏色就是羊脂白。」結果失手掉落桌面，竟然彈起頗高，我用打火機一燒，媽的是個塑膠。我當時氣憤說：「這老頭，看去那麼文氣，竟騙我！！！」但就算被騙，那老頭整個過程都不卑不亢，也不冷淡，也不巴結，就是一種文氣。我們還在秦淮河畔的一間淮揚點心鋪，吃了小碟小碟的水煮干絲，小籠包。很有意思，當然二十年前的南京，和前兩年我又幾次匆匆再去的南京，還是完全又不同！我記憶裡，二十年前的那個南京，好像藏在層層摺藏的暗影，沒有那麼多大樓，滿眼全是法國梧桐翻金錯枯色的印象，我對我們闖進的一個花鳥市場也記憶深刻，滿眼的一籠籠各色羽毛的翻跳，鳥鳴喧天。

我記憶中的南京，有種說不出的蕭瑟，說不出的憂鬱，也許是一個外人的感覺，也許因為我恰好去到的幾次，都是深冬。

這種看去木訥，但心思翩躚靈動的，對一屋子人，各種細節分解的領會和體悟，我特別是在您的小說中歎服感受。我是這兩年才真正細讀了《儒林外史》，真是厲害，我心裡想：「這是南京人！」一種收納摺藏，所有人在一極小的空間裡，各種話語恰到好處的迂迴進退，好像是空洞的木偶語言，其實全部像葉問詠春拳，極近距離的格擋、仁慈、退讓，所以才可能在那樣的篇幅裡，外部好像無大戲劇性，但容納了那麼多人物的死生、經濟、愛情、欺騙、因為情而願意被辜負，我想：這不是您的《推拿》嗎？我心裡又朦朦朧朧，如槳撥水，碰不到實物的有種「南京人」的想像。所以飛宇大哥，就請您隨興聊聊南京三兩事吧。

畢飛宇：我與我的南京

就在今年，南京市民搞了一次民間活動，海選「最喜愛的關於南京的詩句」。最終，獲獎的是「舊時王謝堂前燕，飛入尋常百姓家」。

有關部門請我寫個評語，我寫道：沒什麼可說的，這兩句好。我也想選這兩句。

事實上，關於南京，還有別的詩句，比方說，「南朝四百八十寺，多少樓臺煙雨中」。這兩句也好，我也喜歡。就詩歌的意境而言，這兩句也許更好。然而，相對於南京來說，這兩句是平面的，它遠不如那一群恣意飛翔的燕子。

我是在鄉下長大的。在我們鄉下，孩子總是頑皮的，我們會掏鳥窩，會拿彈弓射殺鳥類。但是，有一種鳥我們不會殺，長輩們不允許，那就是燕子。燕子是「好鳥」，牠被道德化了，牠是專門給我們送財富來的，誰家的堂屋裡飛來了燕子、有了燕窩，誰家就要發財。在我們的文化裡，燕子一直比狗好，狗眼看人低，而燕子呢？童叟無欺，貧富無欺。

而實際上，燕子更偏愛一些高大的堂屋，道理很簡單，堂屋高，門就高，燕子們的出入就要容易一些。當然了，那些矮小的茅草房牠們也不嫌棄，今年來，明年來，後年還來。燕子很念舊，牠認得路——凡是可以和人類結成長期、友好關係的生命，我們鄉下人有一個說法，叫做有「靈性」。

好吧，在南京，在南北朝的時候，有兩個大戶人家，一家姓王，一家姓謝。大戶人家有大戶人家的標誌，那就是房子高，房子大，房子亮堂。它們是磚瓦結構，人們習慣於把住在這種房子裡的人稱做「貴族」。貴族家當然有燕子，這些燕子就在貴公子和貴小姊的頭頂上交配、下蛋和哺育，其樂融融。

可是不好了，時代變了，命運改了，那些看著燕子們交配、下蛋和哺育的貴公子和貴小姊們，他們突然就吃不上飯了，他們突然就失去了交配與下蛋的華屋和溫床了——這就叫敗家，這就叫三十年河東三十年河西，這就叫命運。乾脆，這就叫歷史。這裡頭都是熱血、眼淚、喟嘆與生死。

燕子們卻不管這些，牠們依然要交配、下蛋和哺育，沒有瓦屋，牠們可以將就，草房子裡頭牠們一樣可以因陋就簡——燕子和人就是不一樣，真的想交配，那就別挑地方。

幾百年過去了，一個生性敏感的詩人來到了南京，來到了貴族的聚集地——烏衣巷。他來到烏衣巷的時候天光暗淡了，夕陽西下，殘陽如血。在殘陽的血照中，他看到了別的，那就是人類的命運，物是人非，物非人是，浪奔浪流，沉沉浮浮，唯有燕子在斜飛歸巢。

從此，這個世界上就多了一種動物，叫南京燕，也多了一種人，叫南京人。

南京人的明白與透徹不是天生的，三歲的時候母親就教了：「舊時王謝堂前燕，飛入尋常百姓家。」瞥一眼天上的燕子，南京人在一秒鐘之內就可以長大。當然，要想把這個長大說明白，也許要用一輩子。曹雪芹就說了一輩子，他說明白了。我認為他說明白了。

我不認為曹雪芹是悲觀的，相反，他是我精神上空的一隻飛燕。他教會我很多，那就是不要去做人上人，那就是盡力做一個本分人。本分人並不麻木，他可以微笑著燕子來與燕子去。

南京人的淡定是著名的。三十年前，我二十三歲，大學畢業，第一次到南京入職。一上街，我傻眼了，南京有那麼多漂亮的姑娘。我傻眼不是因為她們漂亮，而是她們都坐在馬路邊的小板凳上，在吃。一問，知道了，她們吃的是「旺雞蛋」——因為孵化失敗而死在雞蛋殼裡的小雞。南京美女的理論是這樣的，因為死雞在蛋殼裡已經成形了，所以，吃一只「旺雞蛋」就等於吃一只雞，吃兩隻「旺雞蛋」就等於吃兩只雞。一個漂亮的南京姑娘如果在下班的路上吃上五隻雞，再加上一瓶啤酒，那是什麼等級的水準營養？所以，南京的姑娘們坐著，不急於回家，她們把肉嘟嘟的小雞從蛋殼裡取出來，一邊拔毛，一邊蘸椒鹽。後來我在報紙上看到了，說「旺雞蛋」極不衛生，有些甚至有毒。可是你聽聽南京的美女們是怎麼說的：日你媽，煩不了那麼多，多大事啊。

這句話是由三個部分組成的。第一當然是粗口。南京人非常熱中於粗口。無論是男性的性器還是女性的性器，南京人幾乎就是掛在嘴邊的。老實說，我從來不認為南京人嘴髒。這年頭誰還不會說普通話呢？南京人自然也有兩套語言體系，一個是普通話，一個是南京話。只要南京人說上了南京話，無論他是王謝還是百姓，都一個調調，都愛爆粗口。南京人就是王謝，南京人就是百姓，去他媽的。

第二個組成部分是「煩不了那麼多」，有時候也叫「不煩」。都說北京人渾，我不太信。南京人是真的渾。渾是南京人精神上的老底子。這是由南京特定的歷史造就的。南京人可是見過生死的，渾是南京人的粗鄙，也是南京人的優雅。這裡頭有一種坦蕩，也可以叫超越。生死當頭，你不渾你怎麼活？南京人在細處固然不計較，在大處有時候也不計較。我們不能簡單地說它好不好，我只是說，南京人是真的渾，渾到「旺雞蛋」和一隻雞都可以不分的地步。

因為渾，南京人的眼裡沒有「事」，多大的事都不算事。我認識一個人，有一天，這個人和他的朋友約好了，他要買房子去。路過寵物醫院的時候，醫院正要給一隻烏龜做結石手術。這個人想，烏龜怎麼會有結石呢？給烏龜做結石手術是怎樣的呢？他的好奇心湧動起來了。他去糕點店買來了蛋糕，特地送給了醫院的主刀大夫，為的就是看這臺手術。他是中午走進了手術室的，晚上八點他心滿意足了，回家。一到家電話就響，朋友劈頭蓋腦就問：「你他媽死哪裡去了？找了你一天了！」「看烏龜的手術去了，哎，烏龜也有結石的。」朋友罵了一句「操你媽」，憤然掛上了電話。

附帶說一句，看烏龜手術的人就是我。我放下電話，自言自語地說，多大事啊。燕子就不能去看看烏龜嗎？

我也寫小說，寫了幾乎半輩子了。多大事呢？

臺北

畢飛宇：我與臺北

我和臺北的關係非常簡單，起源於一個人，蔡澤松。

我和澤松在郵件裡交往了大概有一年，所談的當然是出版事宜。在香港，我們到底見面了——她是一個嬌小的女士，還喝酒，這讓我吃驚不小。做為一個大陸人，我對「澤松」這兩個漢字是有直覺的：男，身高在一米七八左右，藏青或黑色西服，戴著瘦邊的金絲眼鏡，皮膚白，雙眼皮，頭髮是中分的，一絲不苟。當然了，「澤松」愛游泳，打網球，不嗜菸酒。對，「澤松」的語態必須平和。他說話的方式是「醬紫」的，遇到不合適的話題，他往往不反駁，微笑著，說，還OK啦。對，「澤松」一定是一位好好「先生」。

結果呢，我的直覺像掉在彌敦道上的冰塊，碎得一地。

嬌小的澤松是女中豪傑。在香港，她很有禮貌地和我說話，偶爾還捋捋頭髮。她說話的語調確實很平和。她說，她是在北京的地鐵裡看到拙著《玉米》的。出了地鐵口，她撥通了臺北的手機，對九歌的總編輯陳素芳大姊說：

「這個作者你給我拿下！」

一霎時，澤松面目全非。我清楚地記得澤松說「拿下」時的手勢，她細小的食指指著香港無辜而又狹長的天空。她很快就喊我「大哥」了。我把我的「鹹豬手」搭在了「我兄弟」的肩膀上，心裡頭真想給周潤發打個電話，「小馬哥」，和我們一起喝酒去！

細一想，澤松叫我「大哥」可也不是胡來，有淵源的。她的父親，九歌的創始人，蔡文甫先生，老家是蘇北的鹽城，離我的老家，蘇北的興化只隔了一條河。澤松是我們「蘇北」人，我們在香港見面了，屬於他鄉遇故知。

我被澤松「拿下」了，後來我就來到了臺北。在九歌，我和蔡老先生終於見了面。蔡老先生滿嘴的鄉音，如果我不講「國語」，和我的鄉音幾乎就一樣。我們聊得正歡，陳素芳大姊卻進來了，她插在我和蔡文甫先生的中間，蔡老說一句，她就說一句；蔡老再說一句，她就又說一句——這可是怎麼說的呢？素芳大姊很歉意地對我笑笑，解釋說，蔡先生口音重，許多人聽不懂，我來替你做翻譯。嗨，我一拍大腿，說，你就歇著去吧。我聽不懂？你翻譯了我才聽不懂。

因為鄉音，我和蔡家——也就是九歌——結下了情誼。蔡老先生有三千金，分別是澤蘋、澤松、澤玉。在我的眼裡，她們就是蘇北大地上的玉米、玉秀、玉秧。這是一種先驗的情誼，沒邏輯，毋需培育，是命運與祖上的賜予，不可辜負。

老實說，臺灣的出版界對我是厚愛的，但是我哪裡都不去。我解釋了，其他出版社的朋友都是仁厚的人，都理解。這就是說，我們沒有業務上的往來，卻一樣可以做朋友。這很暖心。這就逼著我熱愛臺北的生活。我就待在九歌，好無所謂，壞也無所謂。我也不指望九歌的版稅在一〇一的陰影底下買房子。對了，我還記得我在九歌的第一任責編叫至宜，她姓什麼我都沒搞清楚，她就離開了，我就記得她叫至宜，宜蘭的宜。她是宜蘭人。

我的現任責編是佩錦和珊珊。關於珊珊，我特別想多說幾句。嚴格地說，是珊珊讓我感受到了臺北特別的縱深。我是在和珊珊第三次見面之後才知道的，她居然是商禽的女兒。就在十天前（二〇一七年十月十七日），我和瘂弦有過一次交流，我們交流的地點是愛荷華，聶華苓老師家的餐桌。說是交流，其實是我聽瘂弦說。瘂弦的話題是商禽的一首詩，老實說，那首詩我沒有讀過。在詩中，詩人描繪了他的回家，是深夜，遠方的車燈把詩人的陰影射在了他家的大門上，而心臟的位置正是鎖孔。詩人掏出了鑰匙，對著自己的心臟插了進去。我驚異於這樣的詩，驚訝於這樣的感知。更讓我驚訝的是八十五歲的瘂弦，在談論商禽的過程中，他的讚美溢於言表。同時代的詩人之間能有這樣的心心相印，斯乃人性之大美。

巧合的是，離開愛荷華之後，我去了一趟匹茲堡。

眾鳥啁啾，黑人一句話都不說

氣溫正在下降
我望著遠方，雖只是早上九點
我彷彿已經看見了　落日　黃昏

這是商禽〈匹茲堡〉的最後四句。寫於一九七〇年的十一月。他「看遠方」的地點是第五大道還是弗貝思（Forbes AV）大道？我在這兩條大道上不知道走過多少遍，我看到過無數的鳥，在路邊與黑人一起分享過我的中國香菸，我經歷過早上九點，我看見過落日與黃昏，可是商禽，你為什麼如此悲傷、如此憂愁？

在商禽寫下這些詩句的時候，我才六歲。而現在，我年過半百，商禽，他的女兒，正用最苛刻的目光掃視著我的文字。這是生命裡最為特別的饋贈，我理當珍惜。

話題沉重了，來點開心的。

我熱愛臺北還有一個重要的人，那就是呂正惠。雖然觀點相左，但是，我欽佩這個學者，我也喜歡他血管裡的正大與光明。他的唐詩研究讓我獲益良多。當然了，我最喜歡的還是和呂老師喝酒，只要喝到一定的地步，呂老師的臉上就會浮現出嬰孩般的笑容，我說過，「類似於卡通」。有一次，我也記不得因為什麼了，我和呂老師之間發生了一點雖不嚴重卻是針鋒相對的「理論衝突」。衝突到後來，呂老師大人大量的一面體現出來了，他端起了酒杯，要和我做兄弟。呂老師是我的前輩，我做他的學生還差不多，做兄弟可是不敢的。但是，天地良心，我也虛榮啊，我看了看四周，酒席上幾乎都是呂老師的弟子——我要是和呂教授拜了把子，在座的這些精英們可不就要喊我「叔叔」了麼？剎那間，我體會到了啥叫「惡向膽邊生」。我真的端起了酒杯，和呂老師結結實實地喝了這杯「把子酒」。金門高粱伴隨著我的邪惡，興致勃勃地布滿了我的全身。仗著呂老師，我的大哥，我一下子就成了「叔叔」。

當然，這些都是戲言，不能當真的。我真正想說的是這個——我喜歡臺北的人情。

駱以軍：不懂臺北

我父親是個老文人，中文系老教授，從小我們永和那狹窄的老房子，永遠昏暗懸塵，被一架架書櫃切割成，書包圍著的母親的床、書包圍著的我和哥哥的上下鋪雙層床、書包圍著的姊姊的床，那整套整套布面精裝的古書，在父親過世後，被母親大批捐給佛光大學的圖書館，事實上現今有光碟、隨身碟、電子書的發明，沒有人會花大錢買那些大部頭書囤在家裡占空間。但我父親真的是個老式文人，他會跑去臺南白河，買蓮子，然後讓我開車去鶯歌，買一大人無法環抱的大肚陶缸，買陽明山土泡水「養土」，然後種蓮。悲傷的是，要到他離世三四年了，我家院裡的那口大缸，才茂盛竄長一莖莖荷葉，並好大苞的粉紅荷花啊。院子裡一株老白梅，枝幹崎嶇，他悉心養了十來年，也是他離世了，每年農曆年，滿枝噴綻著夢幻般的一簇簇梅花。

我父親有陣子愛買紫砂壺，但他老年阮囊羞澀，可能是在地攤一把一百元，買那些機工量產的小壺，紅橙黃綠藍，圓的扁的方的瓜稜的膽狀的，一蕊蕊排在客廳茶几上，等他故去，這些小壺等同垃圾，若他那時懂得不霰彈亂買，集中錢買只名家手工壺，不定現在也升值不少。他也收硯臺，這倒是有幾方好端硯，那個年代，大陸剛開放，父親應是跟著趕熱鬧，在師大附近的筆墨店收到孺慕的端硯。也在不同旅行中，收了歙硯、東北松江硯、澄泥硯，甚至有一枚寧夏賀蘭山石的賀蘭硯，但多是觀光商店的紀念品，沒有逸品的靈光。我記得，有一次，父親抱了一枚好大的端硯回來，上面密密麻麻布滿了「眼」，底部還有刻字，好像說道光年間，這個人（自稱余）如何如何在端溪，遇到這只神硯，實為三生有幸，特此刻記。父親興奮的說，這只大端硯，可以留做我們駱家子孫後代的傳家寶了。當時我完全不懂，但看父親那像如臨大事之模樣，猜想他恐怕花了好幾萬元。後來他把那像個臺東西瓜那麼大，恐怕有七、八公斤重，上頭雕了荷花荷葉，滿滿的眼的大硯臺傳給了我。其實他收的那些硯臺，葬禮過後，我母親就全交給我了，一是我和文似乎沾點邊，二是父親生前較疼我這么子。但多年下來，我將那一方方父親的硯臺，在不同場合送給一些於我有恩的長輩，其實說價錢約也就是一兩千塊的東西。有一天我發現，我手上只剩那只，巨無霸，像隻烏龜模樣的大端硯了。但這年來我自己喜歡上這些玩意，在youtube看了大陸不少關於端硯的節目，也上網看了些資料，越來越相信：父親當年買這只大硯，應是被人坑了。那上頭密密麻麻的「眼」，和圖片上真正的眼，就是不太一樣，也就是說是做上去的。那荷葉和雲龍之雕，以我現在觀物的程度，也猜出應是機械工用鑽子雕的。更別說底部那些「道光年間」的鑿痕了。這麼大一傢伙的石硯，究竟是不是真的端石，也非常可疑了。

另一件「傳家寶」，是一幅晚清民國文人樊增祥的字：「困學前唯王伯厚；日知近有顧亭林。」父親也是某次喜孜孜地拿回家，後來也交給我。我住深坑時，還將這副對子掛在違建鐵皮屋的書房，筆墨宛然、裝裱也工夫。但總覺彆扭，我整個是讀西方小說的，書房掛著說啥王伯厚、顧炎武，真的是裝逼啊。幾年前（父親當時也過世多年），兩小孩上幼稚園同時要交學費，一時湊不出錢，拿去巷口一間感覺都放破碗爛瓶的古董店，他說先放他那幾天，他不懂字畫，但有客人喜歡這個。幾天後，我再去問，他將那包好的兩卷字幅還我，說客人說「看不懂」。我要到很多年後，看了大陸鑑寶節目，說老北京琉璃廠古玩行的掌櫃，你若拿了假東西要去賣，他不會說你這是假的，只會打哈哈說「看不懂」。所以我父親當年，又是買了幅我也不知樊增祥何許人也的假書法？

這些，對於小孩時光的我，少年時光的我，青年時光的我，都是距我頗遙遠，好像是我父親從一橋之隔的臺北，我不知道他在哪些街道、哪些商家、哪些地攤轉悠，某種更深邃高深的文化，父親不知道闖進了怎樣的祕境，淘回這些與我家頗窘的現實生活無關的東西，有一天他不在世上了，不肖兒想拿那些破爛去換點錢吧，不想全是假的。

當然有真的。但臺北這座蜿蜒之城，我後來算是住進這座城也十五年以上了，還是深感：臥虎藏龍。但因它是座遷移者之城，後來者除非願意同等之哀憫與崇敬，通常不得其門而入，找不到你想像的迷宮入口。譬如我近二十年，應該都在臺大對面那段溫州街、師大路巷弄裡、青田街、金華街、永康街巷弄裡的小咖啡屋混，不同的咖啡屋空間，不同的年輕老闆娘、不同的熟客，我應該有我時光流河裡的「咖啡時光」，但很怪，隔著一條小巷街，有一處堆滿破爛舊物、真假古董、老茶、半世紀前的電影海報，從前還有殺雞雞販的傳統市場改成的昭和町，那些「臺北版的肉桂色小鋪」的怪老頭店主，是我的老師楊澤帶我去混過兩次，我完全不知道他們從何而來？將往哪去？之前有一家非常厲害的，巷子裡的舊書店「青康藏書房」（現在收了），主人何大哥，收了非常多厲害的黑膠唱片，我經過時，他總是那麼悠閒要我去坐、泡茶。他告訴我，青田街永康街這些老公寓裡，住著許多當年臺大師大退休的老教授，八、九十歲過世了，一屋子藏書，有些是日文版德文版的，醫學的物理學的哲學的還有古樂譜古武術譜，有些書是上個世紀初的，子女們不懂，叫收破爛的一車拉走幾百塊吧。那些收破爛的都會叫他去挑，天啊，常常一整車都是寶，人家八十年來時光的厚積，他的地下室也裝不了那麼多老人們留下的書啊。

說實話，當我說「我不懂臺北」時，是和我說「我不懂我父親」，一樣的情感，怎麼可能不懂？他是你活在其眉眼、肩膀下，最親近的城或人。但又怎麼可能懂？當你想要更知道多一些時，你就不自覺地走進它蜿蜒的小巷弄，那並不總是像電影裡的漂亮咖啡屋、賣馬卡龍的童話小鋪、iphone手機或設計師手機套的小鋪。當我想這麼舉例時，我想到十年前在街角一定會有那麼一間，極科幻豪華的電影光碟（更早是錄影帶）出租店，好像這樣的店鋪已消失好多年了。

閱讀

畢飛宇：我與閱讀

我們這一代的大陸人有幾句話是不能信的，第一，「我酒量小，不能喝。」這話你別信。我們大陸人講究的是「酒品即人品」，你明明能喝，卻不肯喝，這就不是酒量的問題，而是德行上有巨大的瑕疵。如果你很冒失地宣布自己如海的酒量，那就等於宣布自己是耶穌，你在酒席上與道德上都將沒有退路。你唯一的歸屬就是十字架——抵著腦袋，一隻胳膊被張三架著，另一隻胳膊被李四架著。第二句不能信的話是「我讀過很多書」。我們這一代的人趕上「史無前例」了，在那個時候，讀書是可笑的。事實上，我們的生活裡也沒有書。

我記不得是哪一部電影了，文革後期的鄉村題材。它塑造的是一位懶惰的光棍漢。導演是這樣安排的：電影開場了，那個光棍躺在一張草蓆上，手裡捧著一本連環畫。這是一個經典的畫面，為了塑造好一個反面的角色，「壞人」的姿態只能是閱讀，哪怕是閱讀連環畫。

還是說了吧，我在十歲之前幾乎沒有讀過書。套用張大春兄的說法，識得幾個字。事實上，當一個人在失去閱讀而僅僅是「識得幾個字」的時候，你對你所「識得」的那幾個「字」，其實也無法瞭解。

有那麼一天，電影隊又來我們村放電影了。電影結束之後，我的父親和我的母親興致勃勃的，還在討論。我加入了他們的談話，我正確地指出，這部電影的「指揮」是「某某某」。父親很納悶，他不知道我為什麼會對一部電影的音樂指揮如此在意。對我來說，「指揮」就是領導，他的身邊有千軍萬馬，都得歸他管，拍電影也必須是這樣。說到最後，我的父親終於明白了，他告訴我，那個叫「導演」。這讓我很生氣，我很想向上級做一次彙報：一部電影的「指揮」居然要聽「導演」的指揮，這是不可以的。這樣的權力關係非常危險。

一九七五年，我十一歲了，我們家被調到了一個小鎮上，這是我們家家族史上無比輝煌的成就之一。在小鎮上，我很快就發現了一座磚瓦結構的平房了，它的門楣上有三個紅色的楷體字：信用社。老實說，對這三個字我不是很滿意。「信」，我懂，可是，一封「信」如何去「用社」？這是狗屁不通的。它陌生，卻也神奇。對一個熱中於思考的孩子來說，「用社」讓我陷入了深思——怎麼「用」？——「社」在哪裡？

沒有結果的思考會帶來另一個結果，那就是摩拳擦掌。我必須試試。我終於寫好了一封信，向我的母親要了八分錢。我來到了「信用社」，把我的信放在了櫃臺上，把我的八分錢放在了櫃臺上。我就想看看那只神奇的蘋果將如何砸向我的腦袋。神奇沒有發生。一位大爺看著我，努努嘴，對我說：「去郵局。」

我想我是個聰敏的孩子，剎那間，直覺讓我明白了——我的母親讓我去買大米，我卻走進了「公共廁所」，我居然還恬不知恥地問：「有人嗎？」

沒人。我的身邊沒人，要不然我會暈過去。

我五十三歲了，我最不喜歡的三個漢字就是「信用社」。它們是三節棍。它們在我的腦袋上方「嘿嘿哈哈」，一不小心就能夯死我。

——你說，我有什麼資格說閱讀呢？

但是，閱讀，茲事體大。有資格說要說，沒資格說也要說。

我第一次對閱讀產生興趣是我高一的那一年。我突然發現了一件事，古詩詞很好聽。我把這個發現告訴了我的父親。這位念過私塾的中學老師告訴我，那是當然的，它講究平仄。平仄就是起伏，就是跌宕，就是音樂的節奏。父親說，只要把平仄搞清楚了，古體詩的格律差不多也就搞清楚了。「好聽」的祕密其實就是搞清楚格律。

我想我有了人生的目標。一個鄉下孩子，他有了鴻鵠之志。他要做古人，他想寫唐詩。從那一天起，我把我能找到的唐詩都找了出來，不是為了讀詩，而是按照陰陽上去這個原則去區分每一個字的平仄，然後，逆向推導出古詩詞的「格律」。我有一個本子，除了我，沒有人看得懂，上面布滿了橫和豎，也即是平和仄。一年之後我就要高考了，虧了我的父親沒有發現，如果發現了，我估計，這一次昏過去將會是他。

後來我讀大學了，念的是中文系。在中文系，我在圖書館裡發現了一本書，叫《詩詞格律》。翻開來一看，無盡的悲傷湧向了我的心頭。格律，多麼簡單的一件事，我為什麼要偷偷摸摸地花上那麼多的心血和那麼多的時間呢？而實際上，所有的一切都是我的父親造成的，因為他禁止我讀文科，我做所有的事情都要偷偷摸摸——也許，我的父親只需要一個下午就可以把律詩的格律給我講清楚了。這他媽的太冤枉了。

而大學三年級的那一年，記不得緣由了，我突然就迷上了康得。一個中文系的學生迷上康得，這是得了什麼病呢？然而，這個病真實，洶湧，病來如山倒。我把康得的書弄了過來，天天看，沒日沒夜地看。我承認，沒有一頁我是可以讀懂的。可是，我想弄明白。我就讀的是揚州師範學院，沒有哲學系。換句話說，我的身邊沒有一個可以幫助我閱讀康得的老師。最終，我把康得放下了。要知道，那一年我二十二歲。一個二十二歲的人是多麼地自信，他的狂妄很過分的。二十二歲的年輕人就是二。他只幹兩件事，一，醉裡挑燈看劍；二，氣吞萬里如虎。然而，只有我知道，最終我認輸了。我承認我的能力達不到。「識字」又有什麼用呢？康得的文字裡到處充斥著「指揮」和「信用社」。這是一次深刻的傷害，帶有相當程度的毀滅性。

然而，當我最終決定寫小說的時候，我敢說，是我的閱讀幫我做出了正確的選擇。說實話，我第一想做的是哲學家，閱讀告訴我，我的能力達不到。如果我可以放棄哲學，那麼，我也可以考慮做一個詩人，然而，太多的閱讀折磨讓我同樣放棄了詩。是失敗讓我選擇了小說。我從來沒有把小說看得有多高，更不會把小說家看得有多高。它就是普普通通的人幹的普普通通的事。這是我力所能及的。

我的父親說得對，閱讀可以讓人聰明，是對的。聰明就是避免力所不及。現如今我寫小說，講小說，也挺好。當然，如果我的能力再好一些，我想我不會幹這個。做為一個小說家，我想說，如果我的小說裡頭可以有一些詩意，可以涉及哪怕一點點的哲學，它所依仗的，依然是我的閱讀。

駱以軍：至福時光

我這幾年，每年都生場大病，尤其今年，心臟方面出了問題，一直在跑醫院，因此閱讀狀況非常不好。我的老師楊澤規勸我，要讓自己的腦袋停一停，其實這是在臺灣，我這輩的幾位認識的創作朋友，這兩年都遇到的，黃錦樹、董啟章、陳雪，還有許多不過五十歲前後的朋友，都生了頗麻煩的病。過去二十年，或三十年，其實非常用功，眼睛在書本、文字上的使用量極大，可能身體的整體使用，失衡了。但我的老師是規勸我，走出我那麼宅的小書房，也不是縮在咖啡館某個角落寫自己的，沒和人說話，沒有生活。其實我這輩，乃至於比我年輕輩的純文學創作者，長期在一個經濟比較艱難的狀況，可能是出版市場較小，過去十多年我又要養家活口，養成一種像士兵極規律，但其實極綳的閱讀與書寫狀況。我的老師勸我，不要總是朋友若遇見，就是談寫作，應該走進像溫州街、永康街小巷弄的小店裡，任老闆泡壺老茶，天南地北亂聊，高手在民間，人家知道的知識比你們這些讀書人多得多了。

但我好像還是走偏了，還是害羞不敢走進那些店，反而這一年迷上在網路上，Youtube上看，大陸的鑑寶節目。華山論鑑，尋寶走進哪裡哪裡，國寶檔案，大藏家，我覺得超好看的。那些抱著藏品來鑑定的老先生老太太，年輕人，每個都有故事，或是爺爺的爺爺的爺爺當年是宮裡太監，傳下來的官窯，或是幫朋友忙借了一筆錢，朋友抵押了一幅吳昌碩的畫。然後不同專家也有戲，當然那個推證真假的戲劇性很像推理劇，有所謂最後的真相，但他們在那判真假的過程，又是層層覆葉的人心，如何戳破對方的幻夢但又托住他不讓他羞辱難堪。

有一陣子我很愛看一個多年前大陸的喜劇《東北一家人》，或是臺灣也是幾年前的一檔整人節目叫《真的不一樣》，我的孩子半夜起床上廁所，聽見我獨自一人在書房呵呵呵的笑。要知道我生命在四十三歲以前是不會電腦，我家也沒接電視，我長期應是文字的重度閱讀者。過去兩三年有三本書被我讀到爛了，波拉尼奧的《二六六六》、《荒野追尋》，索爾貝婁的《洪堡的禮物》，我書包裡每天裝著這三本的其中一本，被我從不同章節反覆細讀，書已像重考五年的重考生的英文字典，整個爛了。我也在網路上免費平臺讀《紅樓夢》、《金瓶梅》、《儒林外史》，我的想法是，如果喬哀思在我們這個時代，或曹雪芹在我們這個時代，或波赫士在我們這個時代，他們應該會起心動念想寫寫這個暴漲數百萬倍宇宙的網路景觀吧？他們會用什麼方式來表現人類在其中生存的形式，而比那些網路上的電影、演員、說話的人、胡搞逗鬧的人、記者、告訴你歷史故事的人、轉播球賽的人、評講別人的歌唱或特技的人，更具有「小說意識」的某種展出？那應該不只是一個錯綜複雜的大家族興衰故事而已，或是傳統想像的所謂史詩或大河小說而已。

我想，「最初的閱讀」，或將我們帶引至「超出我們所在或所能感知世界好幾倍」的所在。那也是閱讀的至福時光。那像是，大腦還沒灌進太多存檔的電腦硬碟，突然灌進了一張碟片，嗶，整個所有的空間都任本書裡的情節，像水母或海馬在水域中自由漂游。我十七歲時念一家重考班，那在一大樓中遮蔽窗子的密閉大教室裡，有兩百個像我一樣的重考生塞在那極密的桌椅裡，旁邊有家百貨公司，三樓有一個文具攤，有一架也不大的書櫃，每天中午，約一個半小時吧，我就溜去那站著看書，記得當時看了《梵谷傳》和張愛玲的《半生緣》，都是讀著讀著，站在那兒，天旋地轉，如雷灌頂，抬頭看眼前的人們，覺得世界整個在另一種玻璃折光裡了。後來上了陽明山住山裡宿舍，每讀一本書，杜斯妥也夫斯基的，福克納的，馬奎斯的，都像蟒蛇吞下一整隻斑馬，要花非常長的時間去消化它，那時真的覺得讀到一本絕頂小說，可能是世間最奢侈的事，它和現在花一整個晚上看了那麼多任意連結的視頻，那麼多知識性帖子，或甚至非常棒的影集，以前那種崇敬和感恩之心，是不一樣的。我很長時光閱讀小說都是用抄寫的，那種感覺，很像窮人家小孩，那麼難得分到一小塊鮮奶油蛋糕，他小口小口細細含著，感受每一小分子的蝕化，終於都吞下去沒有了，還無限懷想的把每一根手指都吮過一遍。

年輕時讀川端的小說就是這種盛大又痛惜的心情，後來快三十歲時，讀到波赫士的小說，也是這種心情，我怎麼可以這樣把它讀完呢？是不是該每個句子刺青在皮膚上才甘願。年紀更大些，在閱讀已經形成激流的狀況，讀到孟若的、瑞蒙・卡佛的、波拉尼奧的、黃錦樹的、童偉格的某些小說迴旋，我還是會有那種閱讀當中想按暫停，想說這樣的描述，我是不是該像偷背高等數學方程式那樣把它背起來？這種閱讀時，神祕的至福時刻，年紀越大越難出現了，有陣子我想是否我老花眼了？或是某種憂鬱症？為何我看著書頁，那上面的印刷小字，我不太如從前能專注每個句子，將它們解析翻譯成作家想描述的影像或抽象概念？我開始像一臺灌了太多檔案的電腦硬碟，好像再下載東西進去，它跑不太動了。很像有些哥們說每個男人一生的色情配額都是限量的，有人年輕時爭逐聲色，過早就會出現對世情的空枯之感？當然這只是胡說。

這樣混沌的一年，讀到臺灣比我年輕一輩的幾本小說，非常驚豔，譬如連明偉的《青蚨子》、黃崇凱的《文藝春秋》、黃以曦的《謎樣場景》，都是非常驚豔的閱讀經驗。

有一次我寫信給您，因為陌生，但又想表達，我寫：「我非常喜歡您的《推手》。」信寄出去才發現寫錯了，追了封短信：「對不起對不起！！！是《推拿》，我寫錯了！」您非常閒適淡然的回信：「沒問題，有太多人把我的《推拿》說成李安導演的《推手》了。」

但我真喜歡《推拿》，我記得是從上海往南京的高鐵，可能是編輯抓了這本書給我，我在那個過渡的移動時空中閱讀，讀到那個最美的盲女孩，在演奏會彈完鋼琴，她看不見自己有多美，但全場的潮水般的掌聲，我當時讀了，竟在列車上掉眼淚。

我想狹窄空間裡，多組人物的近距離格、擋、摸觸、試探與猜忌，說出和原意相反的話，這是最難的。一群盲人，看不見彼此，或又有其中在進行感情膠著或負氣的一對，但又是暴露在所有一室同樣聽音辨位的盲人群裡，這真是難上加難。某部分來說，把《推拿》誤記成《推手》，其實印象底層真是有其柔勁、纏綿的，每一動作的延伸，不論是情、惡意、冤屈、念想，總之厲害的小說家，丟石子下水，它是繼續在水面下延伸，如果水面撒下一片石子，或打水漂，那水面下延伸的命運交織，那真是好看。

寫作

畢飛宇：我與寫作

我的作品量並不大，可以說偏小。可是，在大陸，我有一個極好的名聲，類似於勞模。在許多人的眼裡，我就是為了人類的文學事業點燈熬油並時刻打算捐軀的那種人。聽上去很不錯。事實上，我是一個懈怠的寫作者，為了把問題說清楚，也許先說我的南京同行葉兆言就比較靠譜。

兆言的生活極其規律，每天睡得早、起得早。他上午工作，午休之後，下午還是工作。日積月累，兆言的產量巨大，也許有我的三四倍。真的是涓涓細流匯成了江海。我非常羨慕兆言的寫作，可我卻做不到。我的寫作類似於人來瘋，來了，嘩啦啦一兩年，然後呢？當然是休息兩三年。休息兩三年是一個文雅的說法，其實我更像一隻無頭的蒼蠅，混日子罷了。我在不寫作的日子裡就是一個無業遊民，類屬於形跡可疑的閒雜人等。如果說，葉兆言是作家，我其實就是一個季節性的作家。

寫作的季節來了，我也是很規律的，每天上午九點起床，打掃完口腔和面部的衛生，我要喝咖啡，吸菸。然後，拿起一把刷子，把電腦的鍵盤和桌面統統刷一遍。我是一個邋遢的人，可是，在寫作的時候，我有我的潔癖，我希望手頭的一切都乾乾淨淨的。尤其是手，我不能允許我的手上有一絲一毫的不潔。當然了，到了我收工的時候，那也是一片狼藉。

寫作的時候我喝茶，不喝咖啡。道理很簡單，茶可以續杯，咖啡卻不能。有一度，我在義大利鬼混，愛上了義大利的咖啡，一天能喝四五杯。等我回國的時候，我發現我得了心臟病，痛苦得很。去醫院檢查，二查，三查，沒毛病。醫生以為我的心理出了問題，這讓我很害羞，我很扭捏，我覺得我不會。醫生耐心地勸我承認，我死活就不肯承認，那場面其實是動人的。後來，在一番仔細詳盡的對話之後，醫生建議我把咖啡停了。一個星期之後，那種令人難忍的感覺果然消失了。從此，我用茶替代了咖啡。實際上我很不喜歡茶，很多時候我寧願喝水。我覺得一個人在寫小說的時候靈魂會出汗，正如跑步的時候身體會出汗一樣。我每天都會喝大量的水，可是，它們與我的小便量卻構不成正確的比例關係——我時常走到鏡子的面前，摸著下巴，嚴肅地拷問自己：我的水都喝到哪裡去了呢？我的結論是，靈魂會出汗。它向上流淌，雲蒸霞蔚一般，凝聚在了一個神祕而又高貴的地方。

在我的寫作季，我的工作量相當大，說全力以赴也不過分的。我不知疲倦。實際上，不知疲倦是一個不負責任的說法。每到一部作品竣工的時候，我總覺得自己有無窮的能量，明天上午就可以繼續下一部作品了。事實上，這是一個假象。假象格外的迷人。假象會讓你覺得自己成了仙，可以不吃，可以不喝，可以不睡，只靠呼吸你就能獲取蛋白質喝維生素。突然有一天，你感覺到了累。這累是從腳後跟開始的，然後，往上爬，覆蓋，類似於沒頂之災。它還是放大的，遞增的，一天比一天累。直到某一個上午，你一屁股陷進了沙發，等你站起來的時候，西窗已殘陽如血。而你，這個昨日的神仙，剎那間就成了走肉。

接下來的日子呢？那就啥也不想幹了。不想幹老子就不幹。一天到晚閒逛。有那麼一天，我在健身房遇見了一位吊兒郎當的男人，我們彼此看了一眼，承蒙他的厚愛，這傢伙當即把我看成了他的同道。他搭訕說：「兄弟在哪裡高就？」我說：「在家。」他又問：「做什麼呢？」我說：「啥也不做。」他接著問：「那靠什麼生活？」我說：「女人養。」他望著我，瞳孔的深處精光逼人。靠女人養，這也許是我這輩子說得最巍峨的一句話了。

一個靠「女人養」的男作家怎麼可能是勞模呢，想一想就不可能。我瞭解自己的寫作節奏，知道自己的懶散，所以，我從不在作品完成之前和出版社簽約，我也不接受任何刊物的稿約。我不想把寫作變成法律。我不喜歡被編輯追殺。編輯的脾性有多種多樣，有些很急，那急寫在臉上，直截了當，不停地催；有些呢，內裡是急的，但是，禮貌，周到，還優雅，動不動就來個電話：「老師好。哎。我不急啊，我沒有別的意思，不是催你啊。我在喝咖啡呢，突然就想起你來了。我就是問候老師一下。老師最近好嗎？今天喝咖啡了嗎？狗狗好嗎？」狗狗挺好。我也挺好，被這麼一問候，不好了，內分泌當場失調，即刻就成了四十七歲的韓愈——髮蒼蒼，視茫茫，齒牙動搖。我就知道，一旦簽了合同，你就豬狗不如。

而事實上，在大陸，我也有一個不好的名聲，那就是冷血殺手。「冷血殺手」這個說法在《青衣》發表時就有了，《玉米》加深了這一點。到了《平原》出版的時候，我幾乎已經被「定性」了。

我想我多少還是瞭解自己的，天知道，我是一個軟心腸的人。就我這樣一個男人，居然也成了「冷血殺手」，正如我是「勞模」一樣的。生活從來不買任何人的帳，這是由生活自身的戲劇性所決定了的。戲劇性，它永遠是生活的本質。別人看我是這樣，我看別人其實也是這樣。

大概在十年前，駱以軍的腋下夾著他的新作，《西夏旅館》。他大步流星，在大陸、臺灣和香港四海縱橫。我就是在那樣的時刻認識駱以軍的。以軍碩壯、高大、健談。他姓駱，我覺得他就是駱駝。只要給他一麻袋苜蓿和兩桶水，他可以在荒漠與戈壁連續不斷地行走上七八天。望著以軍闊大的身軀，我認定了他的寫作是容易的，借用一句電影臺詞：槍打一條線，棍打一大片。再借用一句電影臺詞：人擋殺人，佛擋殺佛。可是，以軍告訴我，他的身體一直不好，經常要吃藥。我想，這就是我的誤解了。和我一樣，以軍的寫作是艱難的，以軍的閱讀也是艱難的。話又說回來，不難，文學就不可能是文學。流鼻涕容易，打噴嚏也容易，可鼻涕和噴嚏永遠也無法親近人類的靈魂。

駱以軍：永遠在練習

我從四十出頭開始，就出現長期坐桌前的職業病，椎間盤突出，肩頸乃至於肩胛骨所謂膏肓之處，極常痠痛乃至於劇痛，那時也無人帶領，病急亂投醫，自己亂找路邊按摩店進去。我去過那種美麗少女穿得像賽車女郎，房間像太空艙的按摩店。那些少女像跳芭蕾舞在我趴著的背上踩著時，我會出現川端《睡美人》的情感，其實她們都是些家庭破碎，從中南部到臺北討生活的孩子。我在那些密室裡，聽到許多故事。但因為這些孩子按摩手勁真的不行，後來我也去到您小說中寫的那種盲人按摩店，那個空間完全像您寫的，盲人有一種驕傲，當他們十來個師傅各據一角窩在那一張張沙發，我即使是在貼牆一張木板垂簾小間，我的按摩師跟我小聲哈啦什麼，其他師傅會像收音機頻道插進話來。那整個空間是他們雷達密布的領空。他們彼此之間有一種我這樣外人不懂的，親愛或調笑。

後來我改去給一些手藝非常好的臺灣老阿姨按。那又是一對一的小格空間，我因此聽過非常多這些老阿姨的故事。我一直想寫城市裡的，這些按摩店美少女或按摩手法有如少林金剛指的老阿婆的故事。但後來讀了您的《推拿》，那真是歎服！因為我長期按摩，知道您寫的，每一個都在點上，而那樣空間裡的盲人按摩師們，那個調度，另一種感官的監視器打開，形成另外一面不存在之牆上的《紅樓夢》或《海上花》的群像鏤雕，這真的非常難！我想應該有無數多人問過您這話：「畢飛宇你一個大男人，怎麼有辦法把女人寫得那麼透？」

我想現代小說，或我在臺灣初始學習小說的所謂二十世紀西方小說，不外乎在於其觀測方式的提出。我年輕時，閱女極少，少得可憐，但對於川端《睡美人》、納博科夫《蘿莉塔》描寫的美少女，真是神魂顛倒。昆德拉有些女性的特殊時空中的色情但可能駁轉滑稽悲慘，也給年輕時的我很大啟發。有段時間我很認真精讀艾莉絲．孟若的短篇，她的筆非常穩，可以從像張愛玲那種二十來歲的敏感、神經質，穿過好像無趣的小鎮中產階級中年婦女，寫到老，都還是帶著神祕薄光的，甚至是性感的時光感悟。說來寫女性我真是不拿手。

我是到這幾年才又細讀《紅樓夢》、《儒林外史》，甚至初讀《金瓶梅》，深深歎佩，覺得不可思議。那可能必須有一長時間的多組人物並置同一空間中，足夠長的置身其中的領會。尤其是完全不同性情的女子，但並不是西方雕塑或戲劇的主體突出的凸顯，而像藏於漣漪水波，多點散焦，從輕眉淡笑的不動聲色的說話來全面發動。這在我這種從小出生永和單一小家庭，無大家族人際關係脈絡可循的人，真的是感到非常難。

關於寫作，我想我可能是在一個所謂「專業寫小說的人」和「可能掉落下去，無法再寫出這世界需要你寫出這樣小說的人」之間，像在高樓徒手攀爬陡牆、窗玻璃，或任何突出物以找尋那樣攀爬處境。我這麼說可能臺灣一些同輩或更年輕輩的小說創作者，會罵我：「你他媽的是最幸運的，說什麼！」不，我想如果哥們靜下想，會不會覺得我說的是真誠的？我在前篇提到，幾位我覺得近年讀到，非常有啟發性的小說，包括童偉格的《西北雨》、黃錦樹的《猶見扶餘》和另幾個短篇集，包括稍早些年的舞鶴的《亂迷》，我或都感到一種，書寫小說所要做準備的龐大，艱難，用功，耗竭，和我年輕時想像的一樣浩巨。這些作品寫出來後，它們需要被解碼、解謎、解析的難度，同樣繁複艱難，但通常丟進這個連書籍出版都瀕危的世界裡，這些書或都賣不到一千本，也就是說，除了非常鐵的純文學讀者，這樣的小說創作出來，本身似乎被拒斥成為商品。但每個寫作者，不是希望自己的書寫如同賭局，我把自己的所有可能，對這個小說的洞見和懷疑，全梭哈下去？而且，其實它們不用被暢銷，但若是能較長時光的活存，能在未來不同時代，有幸交到願意全景展讀它的人？後來有一位年輕人這樣安慰我，說喬哀斯的《尤里西斯》當初出版，也是不到一千本，但是為何二十世紀，或遲到如我輩二十歲時，是用那麼大的願力，專注，去閱讀破譯，喬哀斯、卡夫卡、波赫士這些人的小說？

我是牡羊座正面能量者，如果有人發起「小說是否已在真實意義上死亡？」的話題，我一定是站在「不，只要你真的是如你心中尊敬的那個大作家，在那個年代那樣全面啟動的書寫，小說就因你而活」這一邊的。但是，確實我和身邊朋友開玩笑，二〇五〇年之後，諾貝爾文學獎或就得頒給類似J. K.羅琳這樣的作者了，因為第一，那時像昆德拉、魯西迪、大江這種上世紀走過來的，為小說提出龐大思辨的大小說家已都不在世了；第二，整個世代的閱讀經驗完全不同了。

我前陣子迷上壽山石，這裡無法展開了，但讀了一些帖子，知道在福州，從明清以降，從林清卿、周寶庭、郭功森、石卿、林亨雲，到現在的林飛、姚仲達，出了非常多燦爛不可思議的雕石家（包括臺灣的廖一刀），但他們是一代一代人，專注在一方小小的印章上，可能不同時代的週期，會存在不同時期的黃金世代，但也有遇到：譬如，石頭礦脈枯竭了，或是整個壽山石市場冷清了，或是人們若不認為需要買壽山石這玩意了，那就像一個闔上的宇宙，曾經那樣美如夢幻，燦爛輝煌，那每個匠師可能要花一生雕數千方石頭的苦工和本身才氣，逼出一個文明史上的奇幻創造，但很可能會失傳。很怪，這很像我對於小說書寫的類似悵惘與哀感。

這是我在一個江亭（是位臺灣人，我不認識他）的《抱石澄懷》壽山石收藏帖子上，看到的一段話：「周寶庭的雕刻語言就是『精練』。周老的『藝術造詣』或『美學素養』也許沒有今人那麼高，可是他從不間斷刻了幾十年，每一種造型該怎麼開胚、下刀，都已熟練至極，所以他一刀下去，往往可以包含很多資訊，這是後人無法企及的，這種精練的語言，也能表現出某種工藝美感。」我其實也是這麼看待小說書寫的，「永遠在練習，揣摩，磨練，臨帖，吾少也賤」，其實小說的成本可能比那些雕刻藝匠還要低，一疊紙，一枝筆，或現在的人直接在電腦開檔案打字，都是方寸之間，但遼闊可以到劉慈欣《三體》那麼無限，精微可以到童偉格的《西北雨》那樣瞬閃。但前提還是，怎麼讓將來的小說家們，在這之前，可以安定的如雕刀上萬顆石頭，先耐煩的雕一方一方小宇宙？

畢飛宇作品集 11

我有一個白日夢

國家圖書館出版品預行編目（CIP）資料

我有一個白日夢／畢飛宇作．-- 初版．-- 臺北市：九歌，
2019.08
面；　公分．--（畢飛宇作品集；11）
ISBN　978-986-450-250-9（平裝）
855　　　　　　　　　　　　108010690

作　　者——畢飛宇
責任編輯——林　瑞
創 辦 人——蔡文甫
發 行 人——蔡澤玉
出　　版——九歌出版社有限公司
臺北市 105 八德路 3 段 12 巷 57 弄 40 號
電話／02-25776564・傳真／02-25789205
郵政劃撥／0112295-1
九歌文學網　www.chiuko.com.tw
印　　刷——晨捷印製股份有限公司
法律顧問——龍躍天律師・蕭雄淋律師・董安丹律師
初　　版——2019 年 8 月
定　　價——280 元
書　　號——0111411
I S B N——978-986-450-250-9　（平裝）